文壇名家推薦

明玉的小說很有空間感。不單指陳都市、鄉村，而在腸胃、在口腔，在一張臉跟一個表情。這些都是容器。明玉用柴米油鹽面對它們，一個難著色的空間竟活了起來。而且活得像一個人。所以這本書格外地立體，住進了不同的背影。

——吳鈞堯

縱有暗湧、逆流，你總能聽見她的時間之河，淙淙涓涓之聲。

——李維菁

她的文字非常流暢明晰，絕不拖泥帶水；敘述能力高強，有條不紊，使小說具有良好的可讀性。尤其是刻劃人物非常成功，人物具有內在的形象，情感思想相當細膩飽滿，特別具有一種親和力。

——宋澤萊

明玉的內心有個小孩。這個小孩到現在，還不知道該如何面對世界。上一本書，明玉講述了她內在不安的來由，永遠擔心自己會被棄，會被驅逐。這一本書，明玉用講述他人故事的方式重新反芻了這種不安。一種心情，兩種講述。顯示了明玉依舊在試圖復原，試圖在傷害中努力存活。

——袁瓊瓊

這些精鍊的短篇猶如當代社會的切片，不只是一張一張面孔的流過，而是一個個人生在作者筆下慢慢轉圈，一層層剝開，細細密密將我們心中的蕊剖開來寫，將那些瘖啞無形的疼痛、徬徨、憂傷、恐懼、孤寂，鍛造一座天梯，朝向愛與希望的可能。

——陳　雪

凌明玉的這本小說集，看似描寫了社會百態，但主要呈現的還是當前臺灣社會中，「家」這個核心機制面臨的分崩離析。角色們的焦慮、疲憊、忿恨、恐懼……都根源於親密關係的瓦解不可得，人與人之間的信任與關懷亦隨之扭曲變形。全書有日劇般的緊湊，臺詞生猛，流暢易讀，讀後讓人感覺彷彿在疏離冷漠的城市中，有一張看不見、卻又弔詭地把你我都拴在一起的蛛網。

——郭強生

寫一個人的故事容易，寫一群人的故事，難度恐怕僅次於登天。讀《看人臉色》時，逼臨而來的不是情節與故事，而是窺人與識人的登天術。

——許榮哲

《看人臉色》讓我想起某種結構工整筆觸柔軟的寫實靜物畫，作者擅長處理凝滯的時間感，或許並沒有銳利的切割面，但在那時間感中，各種心理節奏就像果凍一樣自然而韻律地搖晃起來了。

——黃麗群

凌明玉的短篇小說擅於掌握社會現象，藉題發揮，具強烈的現實感，可以冷眼旁觀又設身處地為人物鋪排外在環境與內在衝突。處理親情關係緊密與疏離間的悲傷距離，意境獨到。

——蔡素芬

古怪的，像乾燥花或真空包醃漬物的傷害心靈史。她們活在多出來之境，臉書的蜉蝣動態，那個被減肥減掉的某部分自己，空間裡無言的父子。這些城市裡的孤寂者，失去愛失去記憶失去關係失去存在感的失落之人們，在她鬼氣森森，看似輕淡其實影翳蛛網的敘事下，脫去人皮。這或是一本如空氣膠囊的現代聊齋故事集，然掩卷後讓我們恍然感悟，我們不也正像她筆下之人，只是活在一種視覺暫留的幻念裡。

——駱以軍

寫作要具備某種執著的傻勁，明玉就是這樣地走在這條寂靜的道路上，以時間慢慢烘焙出屬於自己的文學風景，淡淡如墨暈開在生命的宣紙上，如斯淡雅，如斯靜默，她切進眾生相裡那難以言說的生命黯淡角落，她把心眼放之其上，逐次剝開不同族類的底層現實，並把他們的人生風景推到不得不逼視的蒼涼峭壁上。

——鍾文音

目次

文壇名家推薦……3
饑餓……9
消蝕……37
看人臉色……69
對窗……103
單身套房……117
躲藏……159
漂流城市……189
後記　翻開內裡，還能看見什麼……221
附錄　小說，你我他的寫生之道　陳栢青……231
——凌明玉專訪

饑餓

她聽見自己的身體，傳來需求的聲音，總是非常開心，沒有人在意她沒有爸爸媽媽。那時，她吃個不停，吃成一個胖女孩，不停的吃。他們只看見，她的餓。

冷，讓人格外想吃東西，所有的衣物不過是欺騙身體的溫度，她好餓。

星期六下午，吃了主管送的一大盒莫札特巧克力、和同事團購的椒鹽蘇打餅、芋泥捲，還有一包鹹酥雞和500CC珍珠奶茶。所有柔軟的堅硬的、甜的鹹的交融一氣的食物，不分彼此在胃腸和樂安居，呼——呃，她湧出滿意的飽嗝。

一抬頭，鏡子裡毫無血色的臉，讓她猛然驚嚇。視線移到鏡子旁掛的塑膠網架，上面勾著離子夾、髮捲、Y型瘦臉器、幾片藥妝店特價的美麗日記面膜……她看著鏡子裡細長眼睛塌鼻高顴骨，再怎麼撐住瞳孔放大片和美白拉提瘦小臉，也是徒勞，還好34D23腰的身材，在這城市勉強有些蠢男人要她的電話，但是她總忘了不可卸妝，所以身邊的男人經常更新中。

現在，必須努力消滅莫名其妙吞進去的食物，關在洗手間將近二十分鐘的她，忍不住又將食指伸進喉嚨，想再嘔出一些什麼……到底還能嘔出什麼，她也不清楚。

「妳在裡面嗎？門口貼了郵件單，有妳的包裹，等下記得去拿哪——」

「噢——好。」

室友輕輕敲了浴廁木門，確定她在裡面。她在吐，正抱著馬桶，黃黃的膽汁都吐出來了——她盡量讓聲音保持平靜。

食道無比灼熱，經過這番折騰，她覺得胃似乎被提到頸子，卡在那，不上不下，胃好脹，堵著一口氣，難以順暢呼吸。不久之前還充滿著珍奶與鹹酥雞，大口吞下澱粉和油炸食物是痛快，最後吐出的欲望伴隨苦澀喉韻是酷刑，彷彿身軀被截成好幾段，所有的感覺都混亂了。

她按下馬桶的沖水把手，結束這回合，旋轉水柱頓時將剛剛那些胃食道的殘渣席捲一空。攀著洗手檯邊緣，猛地站起只覺頭暈目眩，她對著牆面冰冷的方鏡喃喃自語：「再也不吃鹹酥雞和珍奶……再吃這些垃圾，就讓我肥死——」

每次催吐，宛如死去復重生。整理好衣物，仔細刷了牙，連舌苔都不忘刷點下來，確定口腔已被薄荷氣味佔領，像是假日晚起模樣，她打起精神走出位於三樓的大門，去樓下警衛那裡領回屬於自己的東西。

是個郵局最大型的便利箱，上面印刷著鼓起胸羽的白胖鴿子，還得請警衛搬進電梯。看著偌大紙箱，說不清是期待，還是厭惡，她想，或許是第三種，麻木。

死亡的植物和逐漸解凍的食物填充在紙箱裡，開箱剎那，不免湧起不祥之感，似乎這是一口棺。裡面躺著包覆人形的外衣、幾罐靈芝萃取膠囊，這次居然還有真空包裝的人蔘雞湯……她經常收到媽媽寄來一大箱糧食。隨時想寄就寄，媽媽關心子女按理不需要經由任何人同意。但是，逐漸無感的她總得尋出個理，說服自己收下這些箱子，室友一定無法理解，有何艱難。

只有她知道，媽媽寄來的箱子裝滿沉默的時間，滴滴答答，像在說些什麼。在相隔約三百公里的空間，在她的小房間，有些紙箱靜靜裝置雜物，有些需要在期限內吞嚥的食品，已化為養分留在她的身體。

收到箱子時，有種強烈的既視感，如果她還是嬰兒，一定可以毫無懷疑接受母親餵養吧。

室友每次看到臺南寄來的紙箱總是驚呼：「哇嗚——好好喔，妳馬麻對妳真好，好羨慕啊。」她們微嘟著嘴、親暱提高尾音，像在森林裡親眼目擊母鹿餵乳幼鹿那樣興奮尖叫，這個箱子讓這層樓的四個房間，瞬間散發溫煦可親的氛圍。

「嗯，我媽是很好啊。但是，太多了……根本無法消受，幫我吃吧，我不介意大家多吃一點噢。」

她面帶微笑推銷短期內一定得消滅的食糧，室友頂多揀走餅乾或三合一麥片，還不忘說聲：「這是媽媽的愛，妳要慢慢享受啊。」

這是媽媽的愛嗎？她有些疑惑。

有時，從同住室友那裡，她得到更多即時溫暖。還沒發薪之前，大家分食一條吐司、共吃一個便當，夏天一起窩在房間吹冷氣，每逢生理期總有室友為其他人煮好辣辣的黑糖薑茶。她們彷彿一個家穩固的樑柱，在低潮時，支撐彼此的脆弱。

~

住在距離捷運站約五百公尺的老式大樓，一起分租三樓的四個房間，這空間，偶爾讓她處於牛有四個胃的錯覺。

四個房間每晚吞下為工作奔波的女孩和抱怨，也吞下需要繳納的房租和空虛的銀行存摺，每天一早，房間再將她們吐出來，她們需要嚼食更多新鮮牧草，填補胃的空洞。

從中南部遠赴此地的女孩們，先是讀書，畢業後便留在這城市工作，A在百貨公司站上整天櫃腳瘦腿麻，B是旅行社的行政助理整日忙著登錄票務，C在大賣場不停刷著條碼，她則在客服公司接聽數不清的投訴電話……將近三十歲的四個女孩，工作可替代性高，薪資分布在23K至26K，一兩年，某個女孩便會因為不適任，迫切需要尋覓下個工作。

不適任的原因究竟是人的體質，還是水土關係？她真的不挑事，是事挑人啊。她才換工作沒多久，所有福利和休假再次歸零，現在沒有例休假也沒有年節獎金，在市調公司比上個房仲工作還嚴苛，少了交通津貼和全勤獎金，多了每天被顧客拒絕上百次、無情掛電話的挫敗。

轉職這幾個月，沒有多餘的錢匯回家，媽媽大概認為女兒過得拮据，之前大概每月一箱，最近卻一個月寄來兩三箱衣物和食品。像是重返小學時代，媽媽總堅持中午送便當到學校，一打開提袋，雙層便當、切好的水果，還捲著一件薄薄的風衣外套，媽媽總是擔心她傍晚補習回家會受寒著涼。

這一箱和上個月那箱沒什麼不同。

密封在保麗龍或紙箱的食物或用品，打開箱子一古腦湧出許多氣味，不知名藥草和醃漬物、急速冷凍的料理，兩三個環保杯捲在布料裡，那是媽媽拍胸脯保證說好用到不行的幾條抹布，邊邊角角還塞著兩件未剪掉標牌的T恤和一件式洋裝。從南方一路搖晃到島嶼北端，想像紙箱的旅程，是她唯一的樂趣。

坐在箱子上，像是哆啦A夢的時光機，她想起了從臺南獨自拎著行李坐火車，對未來編織幻想的那個胖女孩。胖女孩是她，過去的她。

看著火車玻璃窗上的倒影，臉頰圓潤，她忘了自己沉默了多久。整個車廂的乘客有的低聲交談，有的吃著臺鐵便當，大家都有即將前往的方向，她也不例外。火車停靠臺北車站的那一秒，她想第一個衝下車，她已經準備好了——她要以全新的面貌展開新的生活。

高中剛畢業的她，獨自搭自強號行經坡度大、水勢有點湍急的濁水溪，再過河床有些乾涸的大安溪，好不容易抵達臺北車站。在地底一陣摸索，找到捷運路線後，出了淡水站又磕磕碰碰走了漫漫長路，拖著一堆行李爬上克難坡、走過宮燈大道和整排典雅的教室，終於看到她的學校。好像她仍是懵懂小大一，淡水河口四年學生生活倏忽即逝。畢業後她繼續眷戀這城市，又在此工作將近五年，盆地的夏天總是悶出全身痱子，冬天嚴寒的空氣一點一點改換了南方女孩的體質。

年節返回臺南，爺爺奶奶說她長大，變漂亮了，從身形到口音都變成臺北人了。目前在臺南和九十歲外婆同住的媽媽也說，她已經丟掉南部女孩憨直的模樣，現在是個凡事有主見的小姐。媽媽另一個意思，是暗示她逐漸變成不聽話的女兒嗎？

帶著些微煩躁，將所有乾燥的柔軟的堅硬的物品一個個拿出來，鋪排在小客廳的磁磚上。如果真能果決丟掉一些東西，那也不是什麼壞事。她只知道，這箱東西不意外也會被她慢慢被丟掉，一個一個慢慢丟。

然後，她跨進紙箱，彎折身軀、紙箱容積剛好裝進小巧的臀，雙腿掛在紙箱外晃呀晃，彷彿寄居蟹開始緩緩移動。看起來很怪異，三個室友皆在房內，她不怕被看見，只是忽然很想體會一隻被人丟棄的流浪狗，如何在紙箱內餓得發抖，等待有人走過摸摸她的頭，說她好乖，從來沒見過這麼可愛的小狗。

她稱此為紙箱的變形遊戲。紙張也是樹的死亡，紙箱是個被壓縮再製，變形的屍體，在紙箱再次腐爛，化土為泥，滋養植物之前，她想躲進紙箱，彷彿經歷死亡，可以無視現實蒼涼。這奇妙空間總是召回似曾相識的畫面，童年或是回到嬰兒之前的狀態，那些天真的時間。

坐在箱子裡搖搖晃晃，她想，如果將自己打包，寄回去臺南，或許媽媽會很高興也說不定。

～

真的太多了。她目前最不需要的東西全裝在箱子裡。租賃的房間很小，兩三坪大，僅容一床一桌一櫥櫃，她不知該拿這些郵局紙箱如何是好。一開始能吃的吃掉，不想吃的送人，餘下的奇怪用品胡亂塞回紙箱便堆在床下，一格一格像排列整齊的寄物箱。

連代收包裹的警衛都說：「這大樓只有妳，每個月收到好幾箱，馬迷——好愛妳啊。」警衛說到馬迷二字，刻意拉長的尾音，她不自覺低頭，這樣看起來應該很愧疚。

每個箱子都被寄託了美好任務。收到這些箱子，像被貼上媽寶的標籤，異常缺乏母愛的她，彷若被分解成一格格馬賽克，拼貼著無能獨立的訊息。想到這裡，她沒來由感到暈眩。她決定先把這稍大紙箱堆到陽臺，看不見就暫時不必去面對。

遠離了生長的南方，再遠赴一個完全陌生的地方，做為新生嬰兒，重新開始，她覺得別人再也看不見，看不見她曾經是個臃腫的胖子。

今天還沒跳鄭多燕，30分鐘有氧瑜伽，50公斤的她可以燃燒170大卡，午餐早已吐光，餓的感覺揪著空空的胃。還不夠，她知道，體脂肪還不達標，只有迅速甩開糾纏的念頭，得再瘦5公斤。

「叮咚」，Line訊息聲響起，是S。

她拿起手機簡單滑了幾句話，S是以前房仲的同事，同組前輩，大她四歲，從不吝惜傳授職場經驗。在房仲上班時，曾有心懷不軌的老男人拐她去新店看一百多坪豪宅，她屢沉不住氣，在老男人的手從她肩膀滑到腰臀時，動搖了意志，想著不就犯賤眼一閉牙一咬腿一開讓他玩玩嘛——撒個嬌過個戶這棟豪宅轉眼便算在她名下。當她告知S這縝密計畫，S立即識破她拙劣手法，鼻孔吭氣不屑表示：「妳以為有錢人都是白癡嗎？想搞仙人跳？哪天被弄到海外賣淫都不知道啊。」

她的確急於證明自己屬於這城市，或許不是征服，不是示弱，是什麼？她還不知道，她還在找。

覺得混沌的時候，她習慣找S說話。一年多來，S存放著她不少牢騷，S隨便猜也能猜出她又陷入節日症候群。春節、母親節、父親節，不表示孝心就會被眾人扣上不孝的帽子。果然沒Line幾句，S拐彎抹角的展現正義魔人的口吻：

S最大尾：這是媽媽的愛心，這樣粉不孝喲～(〃▽〃)

S最大尾：我媽才不會對我這麼好咧☹

Meimei：妳接下來要說什麼，我都猜得到喔ψ(`▽´)ψ

Meimei：不聊了～我要整理一下，丟到社區廚餘收集桶惹ㄎㄎ……

S最大尾：哎喲……幹嘛丟掉！太狠心啦，別丟別丟，餵我好了XDDD

暱稱「S最大尾」，S說這樣和客人賴來賴去約看房才有氣勢，「態度決定高度，懂不懂？」不管心情陰晴圓缺，只要和S聊聊，總能自動篩落那些不想要的情緒，煩的壞的痛的，都近不了她的身。

如果可以，她想和S交換生活。S在父母的真心實意照盼下長大，怎會懂得什麼叫做狠心，她不再回覆Line。大家只會說，天下從來沒有不是的父母，S也是這樣。但她就是放不下陳年往事，只要收到紙箱，下意識又想起媽媽丟下她不知去向的時光。

S說：「我懂──妳說的我都懂啦，要走出童年陰影啊，一直怨恨父母很不好──」

她不相信S懂得什麼是狠心。一個人的心要真狠起來，根本無法測量。她不像那時媽媽的狠心，一下子就丟掉了她，以及那個家。

六十歲的媽媽經常和親朋好友說女兒多麼不孝，甚至買把菜、洗個頭、遛隻狗，都能和偶然巧遇的陌生人說起，她的女兒多麼搞怪不得人疼沒人要，以後一定嫁不出去……太不孝了。媽媽最近很奇怪？明明需要她，又妄想莫須有的事，如此毀壞她的形象，到底是怎麼回事？不孝太容易定義了。她只是略微不順從父母的心意，大家便說她不孝。

最近打電話回臺南老家，媽媽居然以為她快四十歲，她還不到三十，薪水入不敷出，沒有存款，結婚是放棄一個人生活的下下策，她總是這麼想。最後，彷彿安撫沒糖吃的小孩，沉默接受了媽媽的說法，幾次在喜宴場合，親戚像配合媽媽演戲，輪番指責：妳呀，真不孝，都不知道媽媽多擔心。她只是臉色木然、微笑不反駁。舅舅附在她耳邊說：「妳媽已經開始吃失智的藥，她說什麼別當真啊。」

多不孝呢？大概就是鮮少打電話晨昏定省，少回南部探望媽媽和外婆，畢竟新進員工需要常加班又無假可休，但是，薪資穩定時，她從不忘每月匯錢為媽媽支付房租、國民年金、健保費，金錢的輸送是她最方便行使的孝道。聽舅舅說，媽媽最近常不記得吃過飯，才吃飽又吵著要吃，還和鄰居告狀說家裡不給她飯吃……

媽媽一定也怕女兒餓著，才會不停寄東西來吧。她有時也這麼想著。

～

她想起小時候，媽媽在臺南賣陽春麵、牛肉麵、蝦仁炒飯、肉絲炒飯、餛飩湯、蛤蜊湯……怎會憂愁吃食，但她卻老處在饑餓狀態。經常吃完正餐立刻就餓，餓的頻率又快又急，迅速到來不及思考對錯，只能盡快塞點餅乾或麵包欺騙胃。

她永遠記得少女時期，媽媽不在家，不在她存在的任何地方。後來才知道，因為爸爸有了另一個女人，為了報復，媽媽也有了另一個男人。青春期的她，不懂，爸媽可以這樣輕易的不喜歡對方，就和別人在一起嗎？

那時候爺爺一直處於暴怒狀態，接到媽媽打來的電話，便立刻咆哮著：「袂見笑的查某——」接到爸爸打來的電話，爺爺倒是心平氣和許多：「我看卡緊離離欸卡歸氣。」被留在爺爺奶奶家的她，彷彿被遺忘的家具，她什麼也不敢多問，最後爸爸媽媽真的就離婚了。

按理這件事非常悲傷，不管跟哪個朋友或同學提起，大家都會露出感傷神情，好像因此陪伴了那個孤單少女。她不好意思說，妳們千萬不要同情我呀，媽媽不在的那段時光，再也不用害怕媽媽餵她小吃店沒賣完的滷味充作一餐，她只想吃點正常的飯菜。去店裡幫忙端湯送菜，每次看到一整家子圍坐用餐，親密熱鬧，她的胃像豢養著一隻斑鳩，終日咕咕咕鳴叫。

胃好空，心裡有個洞，意識渙散，感覺彎曲的身軀將要擠出所有的餓。所有機械動作，讓她出神，無端想起媽媽賣的滷味。躺在房間的沙發床抬腿、空踩腳踏車，玩著手機的Candy Crush Saga Game。雙腿憑空踢開、伸直，膝蓋不能彎曲，停在三十度高，雙腿與沙發呈夾角，持續二十秒，放平，重複這動作二十次。連續做三十分鐘，可以消耗七十五大卡，脂肪燃燒的狀態，讓她莫名安心。

手指滑來滑去，同樣顏色的糖果連線，爆破，不同顏色的糖果凍結在朦朧果凍裡，先解凍，再來解開包裝紙，脫掉所有屏障，爆掉它。她的腿漸漸僵硬痠痛，無法離開沙發，Sweet、Delicious，一個個爆掉的糖果是她的卡路里，她的熱量，她孤單的時間。

她走下床，在箱子裡蜷成柔軟的球，像是搬家時最後被遺忘的玩具。

那時，爸爸為了另外一個女人，據說是在澳門賭場認識的公關，為了那個女人將貸款沒付完的房子又拿去抵押二貸，他在澳門的豪華度假村豪賭了一個月，那女人殷勤接送、換籌碼、貼身翻譯……媽媽將徵信社蒐查的一大疊照片和資料，撒在爺爺家客廳的大理石方桌，瀟灑的手勢，像是有一次麵店來了位闊綽的客人，結帳時隨手拋出幾張鈔票大方的說，別找了。

奶奶看著這些明確指控，跌坐在媽媽身旁，拉著媽媽抽抽噎噎哭了。她在一旁靜靜的聽著，媽媽那時重複說著，別找了——奶奶堅持要立刻坐飛機去澳門，一定要找到自己的兒子，親口聽他說，為什麼要毀掉好好的一個家？

「阿母，免白了工啦，伊底澳門和查某逍遙自在，毋倒轉回來了——」

爺爺鐵著臉、握著手杖的指節微微顫抖，連續罵了幾次「了尾仔囝——」，還說爸爸「嫖賭飲三字全」，她當時有些聽不懂，只見奶奶哭得癟癟的嘴巴，微張微闔，快將假牙吞進去的哀哭：「愛賭害了伊呀——賭到啥咪攏賠了了啊，嗚嗚嗚……」

最後，媽媽將她留在爺爺奶奶家，在房間緊緊摟著她，悲戚的說：「我和別人在一起，不過是想氣氣妳爸，我也想賭，賭這口氣，沒想到……沒想到……」媽媽離開前，說要賺錢給她讀書，她也沒想到，媽媽那幾年再也沒有回來。

饑餓是最容易被欺騙的欲望。如果父母還在乎她餓或不餓，也不會這樣丟下她吧。

大概是那個時候，她慢慢發胖，變成另外一個女孩。奶奶從那時起，一日五次以豪華的餐點餵食她，因為她總是喊餓。

她是可憐沒人要的孩子，奶奶經常這樣叨唸，開始一日三餐，外加兩次甜點，還有雞精、蜆精、燕窩、冬蟲夏草……凡是晚輩進貢的高級補品，泰半進了她的腸胃。奶奶常和鄰居說，兒子就一個獨生女，好好養著，有一天兒子會回來，回家時要交給他，一個白白胖胖的好孩子。原來，她從來不被當成一個完整的人，她慢慢懂了。

每日晚自習後，她默默吃進奶奶特意留下的滷肉飯和排骨酥湯，再吞幾顆維他命，她讓自己變成只會吞食不會思考的胖女孩，胖子的心是無底洞，塞進什麼都填不滿。

只有排除敏銳的情感偵測，才能掃描更遠的地方，她想成為另一個人。

～

她錯過的餵養，從媽媽手上接過來的不論是宅配或一通電話，雖然過期已久，她以為永遠不會迴轉的時間，錯過成長期的補給，卻在她遠離生長的城市，一箱又一箱，經由宅配或貨運抵達了住處。

一箱箱堆在廚房和陽臺，像積木一樣排列整齊鑲嵌得宜，藏在裡面的渴望、怨嘆，那麼多那麼滿。每次在陽臺晾曬衣物，從三樓望出去，還是別人的陽臺。她想起上個房仲工作，帶客看遍了大臺北的房子，從河岸景觀到三鐵共構交通便捷的捷運房，觸目所及都是奢侈風景，卻沒有一片天空屬於她。她只有這些箱子。

在百貨公司站櫃的室友A，因為香港服飾品牌將全面撤出臺灣市場，一直換工作的A覺得身心疲累，A即將在這個月底離開臺北。前幾天在東區燒烤店大家為A送行，喝下幾瓶清酒的A莫名的哭了起來：「好不甘心，我不甘心——回去屏東，我就回不來了。我好想好想留在臺北——」

她無法欺騙自己，她和A一樣，等待這場遊戲結束，可能只會獲得同等重量的不甘心。不甘心，怎會如此廉價，她們都這麼這麼努力了呀。

陽臺遮光罩下的箱子牆總會趁隙溢出氣味，提醒她，它們的存在。或者那是，媽媽的存在。她有時很想念永樂市場的碗粿和仙草茶，看行腳節目介紹赤崁樓的石碑，每個都像召喚她回家的手勢。但是，她想要留在這裡，再堅持一下。

偶爾，她刻意不打電話給媽媽。這些不聯絡的時間，一點一點，一段一段，像小時候玩的連連看，從1開始勾起，連到2連到3連到15……連到40，連到最後才發現是一位公主或是一輛車子，不論是什麼東西，只有一個輪廓，被數字包圍的形狀是空殼子。她總有被欺騙的感覺。

連起來還是空白無意義的時間，像是箱子的面積，在臺北，緩緩覆蓋她的生活。

辛苦搬運這些紙箱，一個一個，鍛鍊了她的三頭肌，多少雕塑了肌肉線條。有時候，她覺得打電話要媽媽不要再寄紙箱是艱難的，拖久了，不得不將箱裡的東西翻出來整理或丟棄。雖然最後的結果，彷彿填字遊戲，這一箱是愛，那一箱是恨，還有一箱寫著無所謂。

但是，媽媽如果將這些事情，都遺忘了，她還苦苦追索的究竟是什麼呢？

原本在季節交換或節日將近，還可以銜個話題打電話，好像躲在一個儀式背後，才能多少和媽媽聊上幾句。後來發現每通電話講到最後，兩人虛情假意的對話，好荒謬。

儘管媽媽最近說話顛三倒四，「什麼時候要回來？為什麼大學唸這麼久啊？妳爸爸都不拿錢回家啊——」末了那句低沉的哭腔，讓她幾乎流淚。媽媽，忘了爸爸早就不回家了。

她想，還是得如常匯款給媽媽，至少還能再打通電話確認，至少媽媽會以為還擁有乖順的女兒。後來，媽媽的時空有點錯亂，電話中問句背後的意思大多是：「快回來媽媽身邊，媽媽想和妳住在一起，媽媽需要妳啊。」

媽媽很關心她在臺北有沒有錢生活，有時忽然意識清明想起她已在工作，又在意她不匯錢回家幫忙家計，她不禁覺得，遺忘許多不堪回憶多好，她牢記著往事，只是折磨自己。

媽媽現在只有她。但是，每逢年節都跟女兒重複同樣話題，要錢要愛，要的都是她給不起的昂貴資產。尤其是愛。如果她能不加思索的揮霍，也不會孤寂的留在臺北，像是無家可歸的孤兒。

爸爸走後，媽媽付不出房屋貸款，開出去的支票相繼跳票，不久家裡被法院查封，一開始媽媽領著她住在爺爺奶奶家。過了幾個月，媽媽拿著徵信社在澳門調查的證據表示，他們夫妻就這樣完了。她要去中部山區果園工作，七天後會回來帶走女兒，過完十幾個七天，她一直等不到媽媽。她終於了解，無論是爸爸或媽媽，都丟下她不管了。

堆疊在身上的贅肉和脂肪，一吋一吋爬滿她原本細小的骨架。尖臉開始圓潤，手臂長出蝴蝶袖，大腿根部和臀部分不出界限，小腿幾乎和大腿一般粗，連膝蓋的形狀都快消失了。漸漸的，低頭看不到腳趾，肚子遮住了下半身，也沒法蹲下身剪腳趾甲……

以白胖豐腴的模樣在奶奶身邊成長，奶奶感到很安心，她披著長輩滿意的外皮，考上淡水河邊的大學，順利離開誕生的地方，記憶中的故鄉。沒有歸屬感的少女時期，抖一抖往事，篩落於底層還是抹滅不去的塵埃。她很清楚，那只是曾經的牢籠。

彷如在陰暗的水底，她聽不見父母的叫喚，誰在乎她冷不冷、餓不餓。她學會了水中逃脫術，她要好好把握時間，甩掉身上的鏈條，擺脫最後一道牢籠的大鎖，接下來，她想往瘦子的人生前進。

減肥前，她多吃少動，像被奶奶豢養在家的動物，體重直逼八十公斤，開始瘦身，曾吃下來路不明的減肥藥，搞得整天頭暈目眩，每次去學校爬個幾十層階梯都像登天一樣困難，有好幾次昏倒在半途，讓路過的同學不知所措、尖叫呼喊師長來營救。等救護車送她到馬偕急診，急診室醫生總是搖頭嘆息看著一疊病歷說：「妳再這樣不行，減肥減到命都快沒了——腸胃都搞壞了，再這樣亂來，要將妳轉診給身心科喔。」

醫生的話的確達到嚇阻效果，現在，她不倚賴藥物只願勞動四肢。走路、跑步、游泳、做瑜伽、跳有氧……任何可以減少體脂肪、降低卡路里的方式全都來者不拒。反覆操弄這個膨脹過後的身體，心靈也變得強壯，過去幾年長輩餵養的血與肉，一點一點消弭在汗水與球鞋摩擦的跑道上。T恤越來越寬，裙頭越來越鬆，套上短褲跑步得用別針固定褲頭，沒有課的下午，幾百個夜晚，一圈又一圈，她終於跑贏了過去的胖女孩。

每天看著超出鏡子範圍的胖女孩，一天縮小一點點，彷彿擦掉輪廓外面那層虛線，她幾乎脫下另一個自己，在臺北，她是瘦女孩。

她正要開展另一個人生，升上大二時，離去五年的媽媽出現了。

說是朋友幫忙Google找到她，臉書有她和外婆的合照，她的信箱，她的過去。她從未如此痛恨網路，搜尋引擎讓一個人的存在無所遁形。

忽然看見媽媽的那一瞬，太不真實了。像KTV懷舊的你歌我歌伴唱帶復古畫面，時髦的模特兒拼貼現代街頭，完全不合時宜。即便媽媽選在吵鬧的臺式餐廳包廂見面，牆上也有卡拉ＯＫ螢幕，整個空間卻像被迅速抽走所有聲音，只剩下媽媽抓著她的手，皺著眉問：「為什麼這麼瘦？太瘦了——為什麼不多穿一點，這麼冷，不知道要照顧自己嗎？」

那一刻，她無力縮回自己的手，竟只能這樣讓她握著。

「這個女人，憑什麼，憑什麼若無其事的回來？憑什麼？」

她在心裡問了幾百次幾千次憑什麼憑什麼，好像這三個字是咒語，不停唸唸有詞，才能稍微抵抗那隻手的力量。

這個家是空的，回來之後，無夫無女，到底想做什麼？

「為什麼要回來？走了就走了，回來就輸了呀——妳和他一樣，永遠不要回來嘛——」媽媽不該坐在這裡，若無其事的問她冷不冷、暖不暖、餓不餓？

「我就是不會照顧自己的可憐蟲，沒人理的小孩……」

她不懂媽媽在想什麼，這樣溫柔嫻熟的話語，多虛假，她再也不想聽了。但是，不管有心無心，她卻好想擁抱離開五年的媽媽。她好恨自己的軟弱，經過五年，她竟然還是個孩子，只想躲到媽媽的懷抱，讓媽媽輕拍背脊。

離開車站附近的餐廳，一走到捷運站，她蹲在一排機車停放處開始嘔吐，剛才並沒有吃什麼東西，卻不斷想吐出身體裡所有體液，所有可恥的遺傳。她甚至不想要自己的身體是個女人，女人好可憐，有太多本能，母女之間不可抗拒的本能。

撕裂的痛，在她長大後又見到媽媽的那一瞬，重新還原於身體。

～

大學期間，打兩三份工，補習班教小朋友英文、便利商店店員、學校系辦助理，畢業後又做了幾份無法持續的工作，保險業務、貿易公司行政助理、房仲公司業務、市調公司客服專員。她上班的地方分布城南城北，搭捷運或轉乘公車，習慣跑步趕刷門卡，身材逐漸輕盈，存摺數字緩慢增加、心很自由。她覺得自己現在彷彿是個臺北人了。

今天，又收到一個紙箱，這回開啟已無植物死屍，而是幾盒穀物隨身包、四罐高單位蔬果粉，還有幾十排魚油膠囊。「媽媽到底是被誰騙了？這些都是直銷的玩意兒，根本沒有衛生署認證字號，誰敢吃啊！」

幾個月沒見，上次通電話，媽媽說有人介紹一個好工作，忙著推銷什麼海水提煉或植物萃取的仙丹妙藥，媽媽遺忘了擅長料理的手藝，蒙昧相信來路不明的化學合成物……她忍不住上網查了這幾盒包裝精美的營養品，一長串見證產品的愛好者現身說法，卻毫無可信度。她哀傷的闔上筆電，背脊微微滲汗，頭皮整個發麻，彷彿看見媽媽怪邪的生活。

媽媽也變成另外一個人，脆弱的，像個天真的小女孩，相信這個世界的謊言。

現在，她不知道自己該怎麼辦，好像也沒變得更堅強，做著沒有未來的工作，逃離著她的逃離。媽媽的絮絮擔憂總是能鑽入紙箱縫隙，附著在彎曲的瓦楞紙空洞，隨著物流車抵達她的住處，好像一開啟箱子，便能將自己打包好，寄回故鄉。

每天從住處走路十分鐘抵達捷運一號出口，走下幾十階樓梯，穿過冗長走道，看到四號出口標示，踏上手扶梯，稍微喘口氣，理理上班的窄裙制服。四號出口第一個紅燈有三十秒時限，剛好可以和賣早餐的小販買一個飯糰，然後，綠燈亮了，過了馬路便是她上班的大樓，進旋轉門，搭電梯，上二十樓，刷門卡，上班。

下班，再沿著同樣路線，穿過捷運站，走回一號出口回家，回家前在便利商店買蔬菜沙拉和無糖豆漿做為晚餐。每天，她在新舊大樓移動，有時八點出門天氣陰暗，回家天色也陰暗，太陽似乎不曾露過面。最近下了五天的雨，在濕冷的臺北，到底要如何活得像她辦公桌上那株不需要陽光的植物呢？

她總覺得有濃重的無力感，住在這棟只有一部舊電梯的十二層老式大樓，棲身於其中分租的房間，固定在收到媽媽紙箱的這天，情緒崩盤。她無人倚靠，也無法讓人倚靠。

在臺北居住將近十年，搬家次數超過十次，每次都是房東漲價不續約，她只好趕著搬家，永遠買不起城市裡任何一間房，或是房間。畢業已經五年，還有大筆助學貸款要償還，前幾天，才和其他三個室友談起，她好想去澳洲打工換宿，離開這個島嶼遠遠的，離開堆在陽臺和床下的紙箱。

最近一直下雨，不能出門跑步的雨天，多出許多空白時間，她拿來發呆，看窗外、看雨從玻璃滴落滾成一張很像哭泣的臉。搭捷運去輔大花園夜市，和陌生人共桌吃飯，偷看小女孩鼓著腮幫子撒嬌，她撐著傘卻讓鞋子濕掉，從腳到頭都冷吱吱的才回家。

回到租來的小房間，換上排汗T恤和短褲，拿好鑰匙塞進褲袋，轉身關好大門，往安全梯走去。如果不持續瘦身，很容易復胖，她不想再回到胖女孩的人生。

當她不停走樓梯，喘得口乾舌燥，頂樓彷彿是永遠無法攀登的遠方，最後張著嘴，大口換氣才能走完十層樓梯。最後一層，每一格階梯像一個個紙箱，在這裡，她的餓有紙箱滿足。

當她重複往返爬著十二層樓梯，幾次想要放棄時，常會想起少女時期一件很小的事。

住在奶奶家時，她的肚子特別容易鳴叫，像是裡面裝了一個自動發聲的蜂鳴器，午休睡覺、教室考試、化學課做實驗——她無法控制這個裝置，它擁有自由意志，非要在安靜空間，大聲告訴別人，她的缺乏。

她聽見自己的身體，傳來需求的聲音，總是非常開心，沒有人在意她沒有爸爸媽媽。那時，她吃個不停，吃成一個胖女孩，不停的吃。他們只看見，她的餓。

攀爬這棟十二層老式大樓，和攻頂一〇一無法放在同一個天秤丈量，不需調整作息，不需經過半年時間鍛鍊，她明白，危脆的從來不是意志。現在的她刻意維持身材，健康節食、偶爾斷食，都是為了提醒自己，保持饑餓狀態。

登上頂樓，從這裡望向遠方，都是熟悉景物，她暫時得到舒緩。附近高高低低的建築緊挨著彼此，清楚望見附近的街道和行道樹和小吃攤，捷運旁一排黃橘Ubike像停泊於湖邊的小鴨，有幾隻輕巧活潑的穿行在蜿蜒街巷，像要奔赴任何一個夢想之地那樣充滿朝氣。

從頂樓往下走，回到小房間，她又得面對一個人的景致。下午收到的東西還散落一地，未來，或許不會再有任何紙箱抵達她的住處，媽媽可能慢慢將她遺忘，未來，她可能離開了這個城市，會變成這樣嗎？

浮出這想法讓她訝異，有些許憂傷，她想，該打個電話告訴媽媽，已經收到寄來的紙箱了。

減肥族──〈饑餓〉（第五屆新北市文學獎短篇小說類第二名）

消蝕

重現記憶，像曝光過度的相紙，不可能聚焦的時間，無法留影的人，終究都會消失。

沙發上，他斜躺的角度，看見對面陽臺那盞燈又亮了。不分日夜，那盞嵌在住家外陽臺的小燈總也不滅。他討厭那片亮光，白天那燈亮著，不顯眼，天色越暗，越像一張掛在屋外的X光片。

對面住家籠罩在燈的光暈裡，模糊搖晃。如果以他喜歡取鏡的畫面來說，失焦的光影，有種說不出的寂寞。

他天天出門，兒子天天待在家。累癱在沙發上的他，將視線移回自家魚缸，剩點力氣剛好和金魚說話。

「相館越來越少，洗個照片跑了四條街，連個影都沒看到！」

四十公分長的魚缸有六隻金魚，都是珠鱗，圓滾滾胖嘟嘟赤紅的粉白的珠鱗，有的額頭腫了好幾個泡，那頭冠像戴上珠翠裝飾的小格格，有的尾鰭飄散彷若仕女揮舞水袖。水族館老闆說，珠鱗可以養到雞蛋大小，他想起儲藏室還擺著養慈鯛一尺半的缸，缸裡造個貝殼景，再放進長大一些的珠鱗，望著這群金魚生氣勃勃翻騰玩耍，至少這個家看起來還有點生命力。

他喜歡和小金魚講話，雖然死亡總毫無預警靜悄悄來臨。有天早上起床發現五尾慈鯛全數陣亡，換了小魚缸後，這批珠鱗取代了慈鯛聽他說話，小金魚繼續跟著指尖活潑游動。一切彷彿都沒改變，說話的人，聽話的魚。

「我只想要找一家能沖相片的相館啊。」他將手指伸進魚缸撈起一株枯萎的水草。

兒子坐在長沙發旁的電腦桌前，沒理會他說什麼，緊盯著線上麻將餵牌，過了一會兒，才懶懶回句：「不必找相館，便利商店也能沖照片。」

整天玩線上遊戲，摸搖桿和滑鼠的時間比和老子相處還長。兒子用之前上班存的錢購買大量３Ｃ產品，最令他驚異的是高職餐飲科肄業的兒子還會組裝電腦，陸續網購64M/7200轉的ＨＤＤ、節能省電版、新顯卡、ＤＶＤ燒錄器、電源供應器……有些完全沒聽過的東西還是從貼在紙箱上的出貨明細表初次相識。

蜿蜒交錯的線路將兒子團團圍繞，他也不想靠近他的領地，生怕誤觸什麼開關，當螢幕一片漆黑，兒子取下耳機，他該說些什麼？

「喔，便利商店也能沖照片。」他不自覺重複他說的話。

他習慣一整卷拍完，精選幾張到照相館沖洗，本來有家舊相館開在捷運二號出口旁，到那一看，居然變成情趣用品專賣店。騎著腳踏車尋遍住家附近三條街路，找不到一家相館，倒是發現便利商店街頭一家巷尾兩家，兩家不同企業的超商僅隔著三十秒斑馬線，要買什麼都便利。即使如此，他還是不想在那裡沖照片，沒人討論單眼鏡頭，也不交流拍照技巧，哪是沖照片，只是沒有溫度的交易。

兒子大概不想知道他去哪裡做些什麼事，他眼裡除了遊戲還是遊戲。客廳一臺桌機，房間一臺筆電和外接大螢幕，兒子白天會移動到客廳，上次有人來家裡，已是一年前的風景，為了拉網路線，說是頻寬不夠。兩人視線很少交疊，經常是他瞪著金魚，兒子盯著電腦螢幕，不必細看時間有何差異，兒子微駝背聳著肩那蠢樣和他下午出門時差不多。

兒子平常看NBA和打遊戲，他早上看看股票，午餐後騎單車出門閒晃拍照。父子倆每天都這樣過。高職餐飲科差一年就能畢業，春芳去世後，他說不想去學校了，可問的能勸的全數說盡，該唸書的還是不唸，該上班的索性不去上班。像是全家去風景區遊玩，太陽曬暈了，走累了，有人決意不看鏡頭，沖洗出來的照片是笑瞇眼與臭臉的衝突畫面。

兒子休學一年多接到兵單，他才想起，兒子晚入學一年，一沒學籍得去服兵役。當兵兩年，放假回家時越發話少呆傻，竟然學會組裝電腦還增加了各種配備。退伍後兩三個工作不如人意，留在家裡的時間越來越長，盡是沉迷網路遊戲，什麼事都不想做，也不急著做什麼事。

兒子軟綿綿的待在家裡，不是沒人管，而是管也管不動。打遊戲時固定不動只動眼珠和手指，不搖不晃，幾個小時過去，不仔細分辨還以為兒子是個家具，人形化但缺乏人性。

以為妻子離開後，兒子某些情感也跟著死去了。父子倆越發沒話好說，也不想多說什麼。他退休後好像和兒子一樣，什麼都不想做，認真細想，其實沒什麼事急著非做不可。生活忽然被抽掉一個固定地點，不必上班，支點傾斜，只剩下家，時間變得彎曲又可以無限延長。整個家，安安靜靜。

他常和金魚喃喃自語，但不管走到哪，都聽見兒子喀喀噠噠操作搖桿的聲響。彷彿早上倒了一杯熱牛奶，兀自放在桌上，兒子經常忘了喝，時間凝結了一層薄膜。靜止的氣氛慢慢滲透，侵入牆面和隔間，誰都不願去攪動。

冷清是他們每一天的背景。

兒子成天悶在家，怕跟著出事，想東想西還是心煩，拚死拚活工作半輩子，也該為自己而活，還差三年滿六十，他索性申請提早退休。這麼一想，心裡輕鬆不少。這個家的畫面開始像固定在腳架上的鏡頭，按下錄影鍵，故事會一直繼續。

春芳還在時，捨不得孩子叫餓說煩喊累，偶爾發現他身上有瘀傷，總嚷著一定在學校被霸凌，不如休學或轉學才省心。妻子的憂慮不是沒道理，做為父親，似乎得拿個主意。他不想要春芳長期憂愁，憂愁有時像黴菌，會分解一個人活著的力氣。

他該怎麼做呢？跑去學校了解狀況，找老師教官校長輪番吵鬧，調查哪些同學瞧兒子不順眼……他想，多半問題出在兒子彆扭的個性，先休學思考往後，也不是壞事。思前想後，最後，他卻什麼也沒為兒子做。好像，那些傷痕從來不曾出現，一切只是幻覺。

待在家的兒子如同迅速拔掉電源的機器，更像進入冬眠狀態的熊，慢吞吞移動，整日在洞穴躲藏。地震颶風或病毒瘟疫在世界之外，兀自翻騰，兒子的腥風血雨都在電腦螢幕上，每天戰鬥的是十幾個化名的自己。

他起身，走到廚房打開冰箱，拿出蘋果，發現午餐的鍋碗餐盤倒是洗好也放進烘碗機晾乾了。說兒子什麼事都不做也不甚正確，春芳離去後的家事，幾乎是兒子一手包辦，母子倆像是默契良好的搭檔，一個退位一個補位。

還記得去車禍現場確認妻子的遺物後，返家已夜深，兒子到廚房做了鍋熱騰騰的什錦麵，強迫他吃，兒子對著食物複誦了一遍春芳常說的話：「什麼天大的事，先丟在一邊，飯要吃吧。」

那時，他驚訝兒子的冷靜，彷彿死亡這件事，他已經演練過千百萬次。

兒子常飛快敲鍵盤和人聊天，卻很少和真人說話。好像沒有朋友，也沒人打電話來，更別說有同學來家裡玩。兒子長時間待在家，如果兩人不交談，整個空間彷彿儲藏室那個空魚缸，沒有水的流動，沒有氣泡，沒有魚活著。

有時，接到一兩通電話：「阿爸，阿爸……我出車禍了！快來救我！我需要你……」

對方哀痛嘶啞的嗓音甚至和坐在房間打遊戲的兒子有幾分相似，他莫名感到親切和興奮，曾試著回答：

「爸爸跟你說，先別慌，這時候千萬要冷靜，有沒有報警？肇事者跑了沒？」

「阿爸喔……欲按怎？我撞死人了——緊咧——緊匯錢到帳戶給我……」窸窣之間從激昂求救轉為斷斷續續哭腔。

「好好好……別緊張，最重要的是你有沒有受傷啊？你在哪？快告訴我，我立刻過去找你。」他幾乎要潮濕眼眶，電話那端的兒子如此需要父親。

他想起第一次牽著兒子的手去幼稚園。兒子一看到溜滑梯，咻地掙脫他的手奔上前去，溜下來時卻被後面跟著溜下的小朋友推擠到頭和肩膀，兒子號哭著向他跑來，小手緊摟著他，靠在他懷裡抽抽噎噎的說：「爸爸爸爸……，好痛……好痛，嗚嗚……我要回家，回家……」

他沉浸在話筒那方的哀哭，回憶過往，這些小事宛若才剛發生。

並不很久以前，兒子還在唸小學，前妻雪芬癌症離世，半夜老聽到兒子抽泣哽咽，總要拖著毛巾小被子爬到雪芬睡床位置，才能安穩入睡。現在那個位置又空出來了。

「你先冷靜下來，聽爸爸說，不要怕，要勇敢……爸爸會幫你……」

他握著話筒說得情真意切——兒子此時忽然離開遊戲，走到他身邊，按下掛話筒的通話鍵，截斷了那個兒子和他的對話。

「幹嘛和他們聊天？別理這種無聊電話，他們會騙你錢，你不知道嗎？」

「嘟……」

被騙也沒什麼不好，對方這麼需要一個父親。他望著兒子轉身離去的背影，什麼話都沒說。

～

「咦——我們上次說話是什麼時候啊？」他問小金魚，他和兒子說話，真的說話。

搖擺肥胖身軀吐著氣泡的魚，嬰兒般澄淨的眼睛滴溜轉著，一張嘴吞掉漂浮在水草間的飼料，餓了便吃，吃了就拉，小魚的腦袋裝不了太多未來，也不可能儲存過去。

他想起來了，上回兒子找他說話，當兵剛回來不久，去親戚介紹的海鮮餐廳不到三個月，幾次備錯了菜料，大廚罵他幾句就不想幹了。再上一次，曠課太多、幾個學科要補考，問他原因，支支吾吾問不出所以然，春芳那時出了車禍，顧及這孩子不想唸書或許是失去了母親。心頭一慟，也不想細細追問。

很難從記憶抹去那一年，家裡頓時少了一個人，父子倆生活再度亂成一團。

春芳去一家藝品茶餐廳接洽工作，在半山腰閃躲重型機車，車一偏，撞上山壁，不知名男人開的車。他回想，不管是妻子在陽明山的車禍或兒子被主管刁難責罵，不在場的他，家人的驚恐和孤獨，生命、尊嚴、情感……他該如何感受真正的失去？

一切太不真實了。有次全家去海邊玩，他拍了一些照片，那卷曝光過度的底片，他硬要相館老闆沖出來看看效果，最後只見相紙上模模糊糊搖晃著熟悉人影，難以辨識面容，那扭曲的臉如同不想要人牢記。

「還不到一年，好像快忘記春芳的臉，想起的都是她年輕的樣子。」

他盯著魚缸裡靜止的珠鱗，魚鰓一張一闔，水汪汪眼睛如常。養了金魚才知道牠們日落而息，不見天日之際準時入睡，這和春芳很像，白天忙得團團轉，夜晚頭一沾枕即刻進入夢鄉。日日早起的春芳，總是精神奕奕打理一個家的日常，好睡好眠的妻子在睡夢時或許早就遺忘了失去的痛苦。

有時，他幾乎想要盡快奔赴那個不存在痛苦的地方，但他不能，他還有兒子。

「你們說說，清掉她的東西，她會不會生氣呀？」他倒了點魚飼料進去。

小魚缸擺在沙發旁的小茶几，春芳還在時，這裡放著一大落手作書籍和教材，一包包拼布毛線串珠的材料和手工藝講義，小桌子上擁擠著妻子在外熱鬧的生活，只要走出家門她是社區教室的手工藝老師，擁有十幾年來經營的小事業。現在都消失了。春芳長年教學的學生們，來家裡上香慰問，他就一點一點把屬於她的東西送出去，客廳空曠了一角，便擺上小魚缸開始養金魚，和小魚們說話。

他很明白憂傷會沖淡，小魚會長大，一直被關在魚缸的或許不只是魚。現在也只有小金魚肯聽他說話，牠們是雪芬、春芳，還有兒子。

重現記憶，像曝光過度的相紙，不可能聚焦的時間，無法留影的人，終究都會消失。

～

以前春芳還在，他還上班，兒子多少依照秩序生活，上學放學，去餐廳實習，偶爾和同學去學校打籃球。

從小學到高職，怕他餓他渴他哭他要媽媽，春芳日日早起打理兒子上學，做便當、裝一盒水果讓他帶去學校，事事周全像疼愛親生孩子。學校老師卻認為兒子嬌貴欠磨練，不時在聯絡簿親師交流欄位提醒：「請訓練孩子獨立，切勿凡事設想周到。」他和妻子覺得比起其他家長為了孩子動不動就去學校抗議這個那個，他們真的不算設想周到。

後來春芳發現兒子手腳偶有瘀傷，有時點狀有時針狀，她不止一次懷疑他在學校被人欺負，兒子總不吭聲，問也問不出所以然。做為父親，他能做的似乎比春芳還要少。他無法像春芳那樣直接掀起兒子的衣服，用萬金油一遍又一遍推著瘀傷。

這些傷口既不傷筋動骨也不見血光，有時陳舊有時新鮮，大小不一分布在身上，兒子不想說，將永遠成謎。兒子自小不願補習不去喝喜酒不想去爺爺家祝壽，不想做任何事，只要起個話頭，春芳總在一旁加料說服，兩人眼神示意的親熟模樣讓他彷彿是局外人。

只要不是過分要求，最後他都默許應允，沉默妥協，讓他一步步被母子倆劃在圈圈外。春芳常窩在兒子房間窸窸窣窣，大多是媽媽細語兒子偶爾爆笑出聲，兩人一說近半小時，他認為青春期的男孩不喜歡媽媽這樣黏膩，春芳卻說：「兒子才不會想趕我出來，我們邊用藍芽傳音樂，邊討論他教室布置的事情啊。」

就像三人合照，兒子經常靠在春芳那邊，他是不小心入鏡的路人，顧自和他們一起大笑，畫面明顯失去平衡，切割成冷熱兩邊。

兒子的確不會跟他談音樂和線上遊戲，在他看來，這些無聊的事簡直浪費時間，有次快月考還在玩遊戲，他盛怒之下痛罵他一頓，還衝動的打電話給電信公司要求即刻停掉網路。那次之後，兒子更少和他說話，他也當他是存在這個家的空氣，兩人完全不交談，視線不再交集，形同陌路過了一個月。

「哪有這麼狠心的爸爸，也不看看兒子瘦得猴子似的。」

春芳半是哭訴半是威脅，說兒子越來越消瘦每天便當都沒吃完，老師聯絡簿又寫病假天數太多，請家長去校面談。沒料到，母子倆受盡委屈，他倒成了加害者，腳架上的鏡頭，一分一秒記錄著這個家庭的荒謬。

他的腦袋轟轟輾過許多鼓譟的蝗蟲，一口一口啃掉他的尊嚴，他的自由，一家之主的位置……他決心在全家福照片中不苟言笑，要給臉色就給到底，沒得商量，堅持兒子得先道歉，繼續這樣生活，他也無所謂。但是，他的偏執，卻讓兒子離他越來越遙遠，妻子也越發不快樂。

他想起春芳說話的神情，有點撒嬌有點恍惚：「這孩子真的很乖，有時我覺得他跟我很像，雖然住在一起，卻如此孤單，哎喲……我說不上來，他真像是把我當成雪芬了。就是感覺很無助嘛。」

當時他追問妻子，為何一家人同住一起還覺得孤單，這邏輯根本說不通。

如此一問，春芳打著毛線的棒針停了下來，虛弱又失神的望著他，咬著唇，一字一字緩慢的語氣，至今仍然響亮清晰：「因為你完全不懂失去的痛苦啊。」

「我也失去了很多……」他想回覆妻子，卻沒說出口。失去不是比較級，失去如何量化？失去的痛苦，這五個字像宇宙黑洞，不管拿什麼來填補都毫無作用。

終於這個家再度剩下兩個人，他和兒子。

如果世界真有詛咒，他的家是不是留不住一個妻子，一個孩子的母親，這個家，只能傾斜。

春芳遠從越南嫁至臺灣，兩人過了十幾年安穩生活，她何嘗不明白自己是雪芬的替代，卻絲毫不減損她成為一個母親的企圖。她對兒子總和了兩個女人的愛。

後來兒子想做什麼事，只找春芳商量，再淡淡結論：不想唸書、不想工作、想去考丙級廚師執照、想暫時留在家裡，總是簡單幾句話通知他。本是考慮她後母難當，由她寵著孩子，但兩人越發退讓，兒子便步步走向想管也管不動的世界了。

他不知道自己失去什麼有沒有人在乎，因為他是父親，必須裝作若無其事。

兒子失去雪芬，他也失去雪芬，痛苦程度應該差不多。春芳來了之後，她失去了什麼……嗯，是故鄉，他沒有……那麼兒子和春芳還失去了什麼？他想不出來了。

彷彿無預警發現魚缸悄悄浮起翻出肚腹的魚，他總想不出到底是哪個步驟出了差錯，一直到失去的痛苦，慢慢佔據整個家，他漸漸摸清失去的輪廓。

那個畫面，或許就像兒子這樣，不想面對的人生，一段一段從生命剔除。

首先乾脆的丟掉不想要的，再牢牢拽住僅能掌握的，最後就不怕失去了。

那麼妻子，她真的清楚究竟失去什麼嗎？

他想起，朦朧記憶裡，他們一起看電影，春芳談起故鄉的初戀，那飄忽神情。

～

「爸，別一直餵魚，魚快撐死了。」

兒子忽然丟過來幾句話，拿下耳機，雙手往後撐著椅子，挺直腰桿，伸展著疲憊的脊椎。

「你有餵嗎？不是跟你說過，我來餵就好。固定一個人餵，魚才不會撐死啦。」

兒子聽了話，不回答，默默又戴上耳機，繼續玩遊戲。兒子退伍後說要暫時留在家裡的說法，一晃快一年，安靜的，規律的，這樣其實沒什麼不好。接下來的生活如果還有什麼轉折，沒人幫腔沒人商議，他怕心律不整、血壓升高，他也禁不起再失去一個家人了。

投資基金和股票，公家單位退休金、肇事者給的車禍和解金、保險理賠，加上這棟捷運站旁的房子，二十年不工作，父子倆應該也餓不死。他盡量不去多想妻子車上另一個男人，春芳畢竟比他小十幾歲，每個人都有一兩個說大不小的秘密，他也瞞著春芳投資不少股票和外幣，如今也用不著解釋了。

春芳離開後，像跟隨妻子的信念，他也開始事事為兒子著想。

兒子不愛說話可能是基因遺傳，他的話也不多，一句話能說完的事，讓他的心情比較不煩躁。話多不如話少，省話等於省事。有時經過兒子身後，瞄到螢幕，一行一行飛快滑動的文字，還夾雜奇怪的符號，兒子邊打遊戲邊和人交談，有時打字還呵呵笑出聲。他總是訝異活潑的他，在看不見的時候活得精神抖擻。

「他很能聊天啊。」他心裡納悶，也只是閃過這念頭，一旦兒子說：「爸，有件事我們來聊一下好嗎？」故作禮貌的姿態，不是兒子的風格，他也不喜歡，不如維持平和的氣氛。

看著兒子的背影，好像很久沒去理髮，最近的造型都是隨便用紅色橡皮圈紮著小尾巴拖在腦後，說話時尾巴點點晃晃，他有時覺得是不是還有個女兒，撒嬌愛笑，每天都和爸爸點點頭說，「爸比，我幫你捶背嘛，要記得幫我買巧克力喔。」他發現自己把剛剛去超市買東西遇見那對父女的對話，放進兒子和他的生活了。

此時，兒子彷若聽見他心中獨白，轉過頭說：「爸，這關結束，我就去弄晚餐。」

他心裡顫跳了一秒，兒子離開螢幕那張臉，也沒太多表情，眼睛泡泡的永遠沒睡飽，一開口便看見他牙齦腫脹得像一說話就要吐出血來。

兒子常說的幾句話都是提醒：「記得去看醫生」、「吃完飯記得吃藥」、

「不要省錢，多買點新鮮的魚肉」。不了解他們日常作息的親友，大概認為兒子還算孝順吧。

「吃飯前先去量血糖。」兒子又補了一句。

飯前血糖、飯後血糖，拍打半天浮不出血管，扎針都怕，手臂和肚子布滿了針孔。他根本故意忘記去驗血糖。醫學發達實在令人苦惱，再怎麼棘手的病症，藥物和維生器材皆可延遲生命，糖尿病和心血管疾病折騰著他，每個月得固定去醫院就診拿藥，他小心保著命，多半還是為了兒子。

叮——，剛剛在超市買的火腿蝦仁蛋炒飯微波好了。晚餐就是三十顆水餃、一盤炒飯、玉米濃湯，兒子雖有丙級廚師執照，卻很少再大費周章採購食材，反而常煮一些不需要大腦思考的懶人料理。工作接連受挫，兒子對自己也失去信心，不再興沖沖準備手續繁複的西班牙海鮮燉飯或義大利披薩，等待接收家人滿足的神情……或許是這樣的餵養失去滋味，或許是餐桌上又少了一個分享的位置。

擺好碗筷後，他沉吟一下，說：「再燙點青菜好了。」兒子仍然注意餐食所含的醣分。他點點頭，表示聽見了。他繼續清理相機鏡頭，也收拾好散落在沙發上的底片，打算明天帶數位去外拍，讓古董單眼休假。轉換不同的拍攝器材，彷彿交換人生，他需要一些喘息。

每回換成數位拍攝，生活的細節不需再三被檢驗，想拍就拍，每一秒都自然可貴。單眼相機反倒讓他變成一個猶豫不決的人，刻意等待，所有拍下的畫面都非常矯揉做作。如同現在他和兒子坐在一起，既親密又疏離。他彷彿隔著鏡頭看著他。

坐在餐桌前，只有電視新聞播報的聲音。兩人像在比賽輪流夾水餃蘸好醬油到碗裡，不過他慢了兩三拍，他喜歡多沾一點辣椒醬，一盤水餃一下子就吃完了。

兒子想起什麼，停下筷子抬起頭，盯著客廳的電視說：「今天又去公園拍照。」

兩人不知從何時起，說話並不注視對方，眼光總聚焦在別處，似乎這般才能順利交談。

他瞥見兒子手肘內側又有一片瘀傷，看起來像是指甲摳的或是用筆管扎的，點點朱紅散布在他白皙手臂內緣，感覺剛發生不久，或許是今天，或許是昨晚。這個傷，很面熟。以往春芳總趁著兒子睡著，緊張的拉著他去看，「為什麼總有這些傷痕，放暑假，我們兒子也沒去學校，誰欺負他呢？」妻子心疼著說。

一開始摸不著頭緒，後來翻閱了一些心理治療的書籍，隱約感覺兒子的心生病了，他又不想押著孩子去看精神科，光是想像醫生詢問病情，兒子拒絕說話的模樣，不禁難過起來。失去兩個媽媽，該如何向醫生描述細節。深的淺的，星星點點，那些傷，好像兒子的淚。

他抹抹眼，若無其事嚼著水餃。他嚼不出太多豆苗蝦仁，廣告不是說這新口味的水餃很有料？

想起該回一下話：「我還騎了河濱那邊的單車道。」

「新規劃的車道。」想一下他又補了一句。

「嗯。」兒子已經在喝湯了，「吃完飯要記得吃藥。」

「好。」一頓飯很快吃完。

他天天出門，兒子天天待在家，兩人的對話也差不多是這樣。

「對了，洗衣粉和衛生紙還有麥片都網購了，明天會送來。」離開飯桌的兒子又走回來，今天算是多話。

他點點頭，不忘表示聽見。他有時很想問他：「今天打到第幾關，破紀錄了嗎？」

這樣的問話又顯得不合時宜，到底是父親鼓勵兒子整天窩在家打電動？還是單純關心？他也不想認真分辨兩者差別。倒是後悔剛開始兒子鮮少出門，他毫無警覺，等到兒子幾乎不踏出家門，他已無力修正生活秩序。

兒子平日頂多拎著垃圾到社區子母車，丟完即刻坐電梯回家，算是一年來離家最遠的路途，日常所需都由網路供應，電話瓦斯水電費也透過網路轉帳解決。兒子說沒有出門的必要，出門等於浪費時間。

他的時間很多，他不懂兒子的時間為何就是浪費？又不需要搭捷運換公車趕打卡，他以前上班來回交通要花三個小時，人生過了一大半，也不曾想起自己浪費了多少時間。

吃完飯，他撳亮茶几上的檯燈，打開數位相機，「螢幕真小，怎麼拍糊了？」慌張的在沙發一陣摸索，伸手往頭上一探，才驚覺，「唉呀，老花眼鏡沒拿下。」

整個晚上，大約便是這樣自言自語，他的話，還是餵給魚缸裡的金魚聽了。

他皺著眉緊盯相機螢幕，若非颳颱風下大雨，他每天一定騎著腳踏車四處遊晃，隨手拍下在公園裡玩蹺蹺板的爺孫倆、清潔婦打掃街道、端著咖啡站在騎樓下等客戶上門的房屋仲介業務、高架橋下舉著廣告看板的中年歐吉桑……有時花很長的時間在想要攝取的畫面附近守候。

城市裡值得留影的事物很多，每天都透露著新鮮。不像家裡永遠是杵著不動打遊戲的兒子，沒有妻子的老男人，一缸魚。

離開家，有時讓他暫時得到放鬆。他很想這樣跟兒子說。

某天傍晚，他騎著車鑽進一條小巷子，巷子盡頭有個婦人蹲在門口淘米，洗好米嘩啦啦將鍋子裡的洗米水往花盆裡倒，再把剩餘的洗菜水往路邊潑灑一圈，他忍不住用長鏡頭拍下地上那圈水痕和婦人背影。那寬厚背影好像春芳。

婦人離開後，趨近一看，是她家門嗎？門口的電線桿下栽植了時鐘花、新娘草、變葉木、七里香……，矮小的七里香叢開滿潔白小花，晚風吹來，一陣花香浮動，他的心情彷彿也被搖晃了一下。

後來他又騎車來過小巷幾次，卻從未再看見那位婦人。若是沒有照片，他會懷疑是自己的幻想。

從家裡移動到不知名的巷弄道路，是他退休後的上班路線，每天遇見不同的人與事，讓他的生活不致那麼單調。他還報名了長青學苑的電腦班，學習修改照片的技巧，退休後看似清閒好像更忙碌，他常追趕著回家吃晚餐的時間，和上班時的作息一樣，這點讓他莫名心安。

兒子吃過晚飯會待在房間玩遊戲，他在客廳上網，掃視外資股市交易狀況，抓緊獲利時機，算一下基金要不要贖回，剩餘時間都用來處理照片。以前常去沖洗相片的相館老闆跟他說，珍愛的照片最好掃描成數位檔案可保存更久，他在電腦班學會修片基礎後買了掃描機，兒子還以為他整晚都忙著整理老照片。

他明白，這是在複習過去的生活，現在才抓緊了回憶，還來得及吧。

將光碟片分類時，發現和電腦班同學借來的「虛擬人生」的遊戲片，這是同學介紹他玩的，說明書上寫著：「遊戲主角越來越像你，虛擬人生越玩越真實。」「多達二十餘種職業，遊戲會依不同職業出現不同事件，讓玩家感受不同職業的酸甜苦辣，體驗不同人生成就。」

本想了解一下兒子整天沉迷的世界究竟是怎麼回事？玩了幾次，發現不管設定什麼職業，主角都在拚命打怪獸，他以為真像說明書上所寫：設定的主角會越來越像自己，但最後只是打完怪獸，進入下一關，或是Game over，重來一次。「虛擬人生究竟是誰被虛擬了？」他實在想不透。

他忽然想起以前只要加班一定要把所有報表核對無誤才肯回家，每天打遊戲打到天亮的兒子，其實和自己熱衷加班沒兩樣。當他看見昨天揮手道別的同事拎著早餐走進辦公室，才發現窗外的天色已大亮，而他在日光燈管下徹夜奮鬥，根本無法察覺光線變化。回到家，吃完早餐躺在床上的瞬間，整個人或許就像兒子，攻下了敵手地盤洋溢得意神采。

他打開掃描機，接下來掃描兒子小學時期的照片要花不少時間，他決定先去倒杯水。經過兒子房間，門沒關，房間牆上有整面木格子裝飾，裡面擺放了超過三百部的火柴盒小汽車，這些都是兒子的寶貝。瞥見他螢幕上還是一片腥風血雨，兒子正在策略聯盟，他握著滑鼠食指連續瞬間點擊，罩著耳機的他是無間殺手，殺到紅眼，兒子會倏然挺直腰、肩膀微微顫抖，被大型死亡嘉勉的姿態像極了小時候帶他去夜市撈金魚的表情。

他記得兒子那次撈破五六支小紙圈，一次又一次，要求再玩，他始終沒發現兒子偷偷把魚掐在手心，一路還笑嘻嘻，他以為兒子玩得很開心。直到睡前帶他去刷牙，發現他的手腥臭無比，氣急敗壞的罵他，那些握出肚腸的魚都扔到哪裡？

兒子什麼都不說，只是肩膀微微抖動，以為他要哭了，他卻咧開缺了上排牙齒的嘴巴，笑著說：「那麼多魚，原來也會死喔。」

～

這個家或許很早就傾斜了。

如果每個家人是照片拼圖之一，妻子是曝光過度的光源，兒子則是被困在童年照裡，長不大的孩子，最冷漠的莫過於他，以為賺錢餵養家人便已足夠。他總是面無表情站在合照中，直到時間讓他發現答案。

這張懇親會拍的照片，讓他想起兒子讀小一時，有件事讓他特別難過，兒子看見懇親會好多媽媽出席，曾問他：「為什麼別人的媽媽不會死，只有我的媽媽會死？」

死亡的問題，他真的無力回答。

雪芬那時得了子宮頸癌，一發現已是第三期，化療幾年還是敵不過病魔離世。撐了兩年，家裡沒個女人實在是一團亂，兒子唸小四，他才娶了春芳，以為兒子此後就不會半夜睡醒找不到媽媽而整夜哭泣。

結婚後春芳肚子一直沒動靜，醫生檢查後說是輸卵管阻塞，要生孩子得量基礎體溫和打排卵針，他覺得生或不生不是什麼大問題，他讓春芳自己決定要不要固定打針，畢竟是女人的身體承受痛苦。就像他永遠無法真正體會妻子究竟失去什麼，如今或許才稍微想通，那或許是從一個女人轉變為女性的痛苦。

以前辦公室的同事，很多女孩連婚都不想結，或是結婚後也不想生孩子，可能連春芳盡力疼愛前妻遺留的小孩這種古典想法，現在也很少見了。或者不能生育，也存在於妻子所失去的畫面裡。

直到他掃描過許多春芳的照片，她緊摟著兒子歡喜自在的笑容，封存於照片中的表情，掃瞄機的每一道光線咻地滑過，就像按下快門閃光，這時，他才算是完整參與妻子存在這個家的時間。

他回到桌機前繼續掃描兒子小時候的照片，這張春芳勾著他的手，兒子頭上綁著紅帶子，全家一起去學校參加運動會，他那次一百公尺跑了第二名。那天的天氣很熱，太陽很烈，是夏天，三人都笑得很燦爛。照片裡的時間，停在他最想一再重返的時刻。

他每天就這樣一張張掃描相簿的照片，全家人都在一起，誰都不曾離開。

春芳走後，兒子很少浮現笑容。他不升學、不就業、不進修也不參加就業輔導，終日無所事事待在家。

一開始他想男孩子當完兵應該比較成熟，想通了自然會去工作。沒想到每份工作都與他磁場相斥，不管到哪兒都有個看他不順眼的主管或同事，餐廳待不到三個月就辭職，大賣場生鮮部打工不到一個月又和主管吵架。他很納悶，話少的兒子到底怎麼跟人吵架？

兒子想要的東西不多，小時候只喜歡小汽車，經過文具店，必定的步驟是停下腳步走進去、在玩具車專櫃蹲下來，臉貼在玻璃櫃癡心望著裡面的小汽車，最後變成非要挑個挖土機或小卡車才肯離開。家裡已車滿成災，他帶兒子出門時，得事先想好撤退路線，避開可能販賣玩具車的各種商店，不管怎麼事先計畫、預先提防，最後還是帶回一輛輛小汽車。

「會寵壞孩子的不只是我呀。」春芳笑著對他說。

「他就是不走哇，巴著那櫃子，也不說話。」他只能抓抓自己的小平頭，表示無奈。

妻子一把將兒子抱起來，親親他臉頰，「嗯，好厲害喲，不用說話還是得到一臺小車車喔。」

「欸，妳不要這樣寵他，他怎麼做，妳都誇。兒子你說說，為什麼這麼愛小汽車？」

那是我第一次問兒子這個問題，也是最後一次。

只見兒子把剛買的那臺小汽車放在春芳肩膀上滑來滑去，非常細小的聲音從他嘴裡冒出來：「開著小車車可以去找媽媽……」

兒子的回答沒有任何停頓，像是經過長時間思考，讓他頓時驚住了，忙不迭瞧著春芳的表情。他想，他聽見的「找媽媽」或許不是眼前這個媽媽。

「你聽聽看……我們兒子這麼乖，我就是要寵他，你不覺得他真的好乖好乖。」

春芳或許也聽得出來，但她沒有改變過疼愛他的方式，直到她離開的那天早上，依然做好兒子和他的便當，也切好了水果裝在保鮮盒。她以一個女人的秩序，完成她想過的生活。

將近一年了。他開始熟悉失去妻子的生活，也遺忘妻子那幾個莫名消失的週末下午，反而經常想起她的聲音。

少了女主人的家有些寂寞。他變成有點積蓄又有房子的老男人，想方設法為他介紹老伴的人不少，幾個老朋友不止一次警告他，這樣養著兒子，老本早晚被啃光。

他很想明確的和大家說，他不需要女人，跟兒子這樣守著一個家過日子，沒什麼不好。

「別寵孩子啊，老本被啃光，到時候欲哭無淚喔。」管理員拍拍他的肩，嘆了口氣說。

下午牽著單車進電梯時，碰上正在巡視社區大樓的管理員，兩人年紀相仿，碰面不免聊上幾句。管理員繼續細數被孩子綁票的人生：「像我就老歹命，太晚結婚，現在小孩才讀小學，拖磨到七十歲，他才唸大學，哪有本給他啃啊。還是你好哇，沒人整天碎碎唸，去哪裡漂撇，攏沒人管……」

他何嘗不懂人老了要靠棺材本，管理員悻悻然的口吻一直迴盪在耳邊。他不喜歡自己那麼一點點幸福，還得夾帶罪惡感，彷彿他死了老婆不該擁有快樂，連同也失去了咧開嘴微笑的自由。

他非常明白自己終究無法被兒子啃蝕一生，他會老會死會消失在這世界，當然帳戶裡的數字也會慢慢減少，經由他人比較分析的人生，他現在是個幸福老人。

捧著兒子小學時期的相簿，他走到窗前，看著城市的夜，遠遠近近妝點著朦朦朧朧的光暈，他像是端著一個家的標本，站在自家窗前憑弔最想念的時光。

這些時間，他終究都失去了。

對面住家那盞嵌燈還是顧自亮著，深夜遙望那持續的光，不那麼刺眼了。

他天天出門，兒子天天待在家。他的兩個女人先後離開之後，他發現，人的情感終究有極限，人生也是一樣，只是誰也不知考驗會以什麼方式來臨。但是，他也禁不起任何人忽然消失了。

「說不定他也是這樣想，才不想離開家吧。」

他低頭望著相片裡小學時代的兒子，靜靜的對他說。

唷老族──〈消蝕〉（二〇一四年打狗鳳邑文學獎小說組評審獎）

看人臉色

臉書極愛裝熟，日日虛偽又假掰的問你「在想什麼？」她通常只想看看別人在想什麼，不希望別人猜測她在想什麼。

節氣是大暑。

她最近只要下班回家會立刻去沖涼，動和不動都會流汗，冷氣的開關控制在媽媽的嘴巴，嚴格規定在晚上睡覺前吹兩小時定時冷氣。媽媽說食衣住行，一切得省，水電瓦斯電話費，省下一點是一點。才傍晚六點，要挨到十二點才能開冷氣，35度會融化一個人嗎？

整個夏天，她將窗戶大大敞開，將自己活成一株植物，向陽向風，努力活著。在中庭朝著牆壁打網球的男孩視力沒那麼好，應該看不見五樓的她只穿著細肩帶小背心，還有沒戴上放大瞳片的眼睛。

天色已晚，窗簾紋絲不動，電風扇拚命搖頭也說熱。一道黃色拋物線盡力覆蓋著中庭花園的畫面，綠呀紅啊的背景，迅速被黃澄澄塗鴉的線條取代……她趴在窗檯看著網球噠一聲碰壁，又彈回男孩的球拍，或者是男孩奮力將網球打回牆壁。到底是那顆球任人擺布，還是人被球控制不由自主揮拍？天氣這麼熱，他還要打多久？

在想些什麼？

無聊的時候，她總是習慣拿起手機，點開藍底白字的f，臉書24H全年無休，比巷口和公司樓下的小七更值得信賴，她最不喜歡去拿網拍被小七的店員認出來，店員自以為這樣就是麻吉，其實她們什麼都不是。

臉書也極愛裝熟，日日虛偽又假掰的問你「在想什麼？」她通常只想看看別人在想什麼，不希望別人猜測她在想什麼。

指尖滑滑，像這個H，大頭貼活像六十歲後的韓星李敏鎬，是個垮掉的衣架子。H的唇很薄，兩頰的法令紋呈直線，垂直切割了嘴角，整張臉很醒目的寫了一個「H」。H對這個社會很有意見，從油電到日用品和自助餐，任何一點價格波動都會影響他的心情，常跑到離住處很遠的市場買菜，定時去搶大賣場的限時優惠商品，一天發十幾則動態到臉書，炫耀他如何懂得生活。

H不喜歡他的國家，又沒錢移民，連出國暫時喘口氣都沒指望，經常用Google Map神遊歐洲和美西。H每天必拍他家窗外的城市景觀，日落日出，都會老男人的生活風格，蒼涼又不甘寂寞。他經常在臺北騎Ubike，還仔細觀察到十輛有七輛是退休族，這些人每天都在計算如何省錢，他也是其中一員。

她覺得H和媽媽有點像，節省、養生、愛運動，媽媽尤其喜歡她公司配給員工的健身房課程體驗券，總是搭捷運又騎30分鐘Ubike去上課，還得意的和她說：「一毛不拔上完活力瑜伽，美麗得來全不費工夫。」

年紀大的女人總是喜歡這種小便宜，她不能想像自己以後也會變成這樣。媽媽晚上又排了超市小夜班，預先做好涼麵和豌豆粉放在冰箱，昨天還邊撕著雞絲邊說超市過期兩小時的食材一樣好吃，吃進肚子都差不多。過期的只是食物，不是女人。她用叉子捲起黃瓜雞絲涼麵，吃兩口，冰涼的食物的確消解不少火氣。

她下意識又點開臉書，藍白背景彷彿民主自由廣場，誰都可以在這虛擬頁面活得很自由，食指交錯中指滑滑，京都清水寺的臺階、北海道大嗑帝王蟹，「嘖，每天都有人去日本……」她忍不住羨慕；便利商店季節限定的芒果霜淇淋，貓咪翻出軟軟肚皮，還有人刮出骰子狀的紅痧，「呃，太愛現了吧？還不如刮出逼機再說。」

她邊滑臉書邊配音，一個姿勢固著太久，肩膀和手腕有些痠疼，她先直起腰，鬆鬆肩頸，再轉轉手臂的掰掰肉。她早已厭倦健身房課程，下意識捏捏腰間溢出的馬鞍肉，過兩年將滿四十，唯一安慰的是皮膚白皙四肢纖瘦，有張娃娃臉，有些同事當面誇她：「還以為妳三十出頭，真是看不出來啊。」看不出來的到底是什麼，她總覺得話裡藏話。

讚美不再讓人乍驚乍喜，她通常露出適當的嘴角弧度，淺淺微笑：「哎喲——妳們這種美魔女才討厭，是要把人逼到跳樓嗎？」對方大致會滿意如此答案，在八卦炸彈引爆之前，危機解除。

從藥妝門市和便利店工讀，直到大學畢業後的電話客服、房仲業務、保險經紀……不斷轉職與被派遣，最後換到健身房工作，自櫃檯總機調升辦公室內勤，不知讓多少人眼紅，只有她心裡明白，這幾年究竟推敲多少臉色。

在健身房接聽電話招呼客戶足足半年，感到一切無望，偷偷打開求職網站又想轉職時，忽然人資部一個公告將她調到行銷部，接著她的未來開始往美好的方向推進。她致力開發新客戶，殷勤跑現場加入健身行列尋找續約大戶，每天上緊發條，絕不容許業績下滑。存摺不斷成長的數字，讓她感覺安全，像是宣告她可以不必倚賴誰也能獨自活著。

她再也不想換工作了。部門懸掛的特製白板，有每個人的業績曲線，她感覺屬於她的那條彎曲線彷彿擁有自由意志，穿透了牆面，猶如傑克魔豆攀登到她看不見的地方。

亮眼的行銷數據，彷若一道蘋果光將她照亮，她知道這兩年是自己最美的時候，不必化妝，皮膚自然流露透明光澤。這兩年，不乏有男人對她表示好感，但她不喜歡油嘴滑舌的業務，也不愛肌肉賁張的健身教練，更別提那些身材有瑕疵的男性客戶，不是腆著肚腩的上班族，便是髮線撤退到中央山脈的歐吉桑，就算來了型男，一是奶油小生，二是娘娘駕到，她全都不喜歡。

在想些什麼？

刷臉書時，她腦袋都在放空，上了一天班，她不想看書不想思考，什麼都不想最輕鬆。

不過，她總是驚訝他人的人生，怎能日復一日毫無隱私攤現在網路上？過於暴露自己的私生活，不論是照片或描述細節的事件，都帶有輕微的病態，她只是事不關己的滑過去，仍不免感到頭皮發麻。大概是一種供需平衡，有人喜歡在舞臺上賣力演出，就有人和她一樣只喜歡躲在暗處偷窺。

像這個Betty，從懷孕開始，鉅細靡遺記錄小孩的形成。為嬰兒準備了粉嫩色系的繫帶衣、長袍衣、圍兜、太空裝、嬰兒床、奶嘴、奶瓶……像是公平交易委員會精準要求、多方比較嬰兒用品的品質和價格，每一細項都像商品展示那樣呈現在B的動態。

她眼睛疲累時，滑到B的頁面，會以為是哪家嬰兒用品店正在宣傳當季最新貨款。

懷胎三十五週的B，平時在臉書絕不露面，卻每週拍自己的下半身，前後左右上下捕捉肚皮的表情。看著B的相簿，肚子由平坦慢慢隆起，肚臍緩緩的突成喜宴會吃到的炸湯圓模樣。她非常期待B的分娩日，那一天，感覺即將誕生的不是一個嬰兒，而是每個器官都經過數字精算的機器人。

她完全能感受一位母親如何呵護子女，即使她將屆不惑，媽媽仍覺得還是幼稚的小女孩，經常叮囑一些人情世故。她是獨生女，在嘉義老家的無憂童年是被捧在手心的小公主，爸爸去世後，媽媽也離開老家到臺北與她同住，母女相依一切再合理不過。

慢慢的，日子不是特別好也不是特別壞。還完學貸還存了點錢，賣掉老家公寓，趁著金融海嘯襲擊房市，在新店買到二十五坪的房子，雖是九二一地震後拉皮重建的大樓，可以在北部安居讓她們終於落地生根。接下來，為了房貸，媽媽找到超市計時工作，一天八小時不算輕鬆，收銀補貨點數存貨，要不在貨架前無止盡蹲下站起，要不在收銀機前一連站立好幾小時，都是重複的動作。

媽媽說當作運動舒展筋骨就不會計較錢多錢少，重點是離家近，還有過期一小時的生鮮食品可以給員工帶回家，這是媽媽喜歡超市工作的主要原因。比起安貧樂道的媽媽，她卻不是那麼喜歡待在健身房，雖有業績獎金，但底薪仍然無法突破25K，加班沒加班費、月會例會晨會永遠開不完的檢討會，所有關於工作的事務都讓她厭煩。

整日忙工作，還是單身，媽媽不時叨唸她眼睛長在頭頂上，她實在厭惡和男人過於親近，汗臭、動作、太過靠近交談，全都不喜歡。但是，為了供養房子，還是得日復一日做討厭的事啊。這是將臨不惑的她，唯一想通的事。於是，她越來越討厭自己，唸書時不敢違背老師，老闆說一不敢說二，回到家媽媽說不要吹太多冷氣，多吹一小時都覺得充滿罪惡。她討厭軟弱的自己。

她經常最後一個離開辦公室，畢竟是健身房的空調，只有冷氣很給力。無意中發現，下班後死水般腐臭的辦公室，八卦還旺盛活著，活得像是滋養死水的氧氣，有些加入傳話行列的同事因此感到精神抖擻。彷彿臉書動態，說說是非，不痛不癢，誰都想加入留言串。

故事從她本是櫃檯總機開始，不過是雞婆兼做業務讓有意辦卡的顧客成為會員，最後不但創下單店辦卡紀錄，連續幾個月業績高掛全省分店冠軍，像是灰姑娘碰上王子選妃，經理破例拔擢總機轉為行銷部正職員工。

「誰知道，是不是小三被包養？不然經理這麼挺她？績效獎金都發給她，哼。」

「欸，好像是這樣耶。嘖，看不出來，整天安安靜靜，沒想到一肚子鬼……」

在茶水間有時會聽到耳語接龍，她一靠近飲水機，大家又故意熱絡問她喝水啊？天氣熱要記得多補充水分喔。她點頭微笑，目送同事離開，從齒縫裡擠出：「妳才被包養咧，我就是鬼，咒妳全家死光光——」

她所有努力難道只是來自擁有姣好體態，人美嘴甜不是錯，錯在這本是教人錙銖必較雕琢身材的地方，她不老的容貌和曼妙身材，在這裡都是個屁，他人不屑一顧揮發在空中的屁。在這裡工作快五年，大部分同事都看她不順眼，她沒有朋友，真正的朋友。

只有Selena，晚她兩個月進行銷部，比她菜，但S是運動休閒管理本科，經理在學校兼課發掘的超新星，即便有菜味也顯得可愛清新。S第一次邀她中午一起去吃飯時，她按捺驚訝表情淡淡表示自己帶便當，請S和同事去覓食，想想又追加兩句：「公司附近有家自助餐很好吃，妳可以試試……」

Selena後來也開始帶便當，相鄰的座位，挪一下椅子端著便當就抵達彼此，一起交換蔥花蛋和滷豆皮，一起吐槽白目主管和機車同事。有點甜有點酸。她偷偷看著S臉頰的酒窩，有時她好恍惚，以為回到私立女中的年代。

偶爾，S也問她課程研發的問題，像是顧客群分布與特殊課程的相互關係，光是討論為什麼攀岩和身心靈的顧客不能整合，瑜伽也該學著打拳擊這類問題，模擬情境時，她們總會不自覺提高音調、爆笑連連，附近的同事像在捷運上打斷黏膩的情侶那樣，叩叩叩，敲敲OA隔板要她們小聲點。

「欸，妳還是和我保持距離比較好，別說我沒提醒妳，我在公司很黑喔。」她輕聲說。

S歪著頭，淘氣的皺眉問：「有多黑？」

「大概是整個人掉到碳粉匣裡，被印了一千張A4，這——麼——黑。」她故意拖長音顯示自己的處境。

「天哪，好黑喔。不如再叫十箱A4的紙，把我也丟進去印一千次好了。」S噠地彈了一下拇指和食指，一派輕鬆。

想起Selena，這些畫面，明明還是昨天發生的事，卻像翻開畢業紀念冊，想起那個一起在照片裡扮鬼臉的好同學，一眨眼已是陳年往事。有點年紀真的免不了喜歡翻舊帳，她的視線回到電腦螢幕，下意識又點了一次臉書首頁，或許是她朋友太少，每隔幾分鐘重整頁面，最新動態仍然是Jennifer轉貼的文章：「把美容小物當作擺設的一部分，女孩都該學會的收納技巧。」三百多人按讚，上百則留言，看來是J的粉絲頁有正反兩派熱烈對戰。

Alice：J想婚了嗎？

Jennifer回覆：哪是啊啊啊啊！！！！！又沒人要，等著妳介紹科技新貴給我喔。

Wang Ms：明天該不會Po出婚紗照了？直接去微整形不就好棒棒，用什麼美容小物啦ㄎㄎ……

Jennifer回覆：樓上GGYY啥毀？（翻白眼）

Vivi回覆：珍妮佛本來就好棒棒，水水們甲飽太閒靠么啥小（白眼翻到背上）

Jennifer不是現實中的朋友，是同事Vivi的大學同學。有一次J在Vivi那留言，央求Vivi介紹猛男教練或單身客戶，最好是型男，剛好還多金，完美之至，J毫不掩飾熟女拉警報，要嫁也要嫁個高富帥。

她瞥向窗外，天空被染成橘紅，通常白天越是晴朗，晚霞越是美麗，凝視落日的人也越感到惆悵。不甘願不認輸，誰都違抗不了自然運行吧。像是前幾天J上傳了出席時尚趴的照片，J在苦撐整天的彩妝上補粉，一補再補，怎麼都掩不住眼窩暗影，以及深V禮服下無限往外擴張的八字奶。

啪，噠，啪，噠，窗外那個少年還朝著牆奮力擊拍，網球彷彿溜溜球，球拍和球連成一線，他像是精密計算好球從牆上彈回球拍的時間，左右迅速移動步伐，中庭花園成為他未來的紅土球場。不知怎麼，年輕就是讓人感覺所有努力都有美好回報，靠近中年，彷彿踩著遍地黃葉，怎麼賣力使勁，多的是沉沒在時間的無效成本。

她現在什麼都不想做，唯一發達的只有手指，忘記帶手機時，覺得心裡像被挖掉了一塊什麼。她沒什麼朋友，Selena這兩年開始談戀愛後，鮮少理她。她的朋友都在臉書上，應該說是Eliza的朋友，讓她感覺自己並不寂寞。

Eliza是她在臉書的另一名字，毫無意義的另一個她。

公司同事不知道E的存在，她有兩個臉書帳號，真實的她，虛擬的E。她的臉書有如白紙，所有「關於我」的資訊都是空白，毫無動態，只為敷衍同事而生，Eliza比她還有溫度，比她還要真實的存在這世界，她經常這麼想。

想到自己以前熱衷買健身課程上課，通訊錄裡也有很多朋友，雖然是為了開發新客戶，或許買賣關係結束，並不能稱為真正的朋友。她只對朋友說真心話，但不是人人都能理解她的真。

譬如提醒Selena小心業務Wang那張嘴，Wang同時也是幾個名媛客戶的小狼狗，整天在女人堆裡搖尾轉圈，她和S咬耳朵：「Wang說的話，每個女人都喜歡，都覺得自己是他的真命天女，妳該不會和那些女人一樣傻吧？」

S有時不愛聽真話，心情好一笑置之，心情差便已讀不回冷處理。她不知道自己說錯什麼。碰到S，她的滔滔口才如同當掉的臉書畫面，她經常停格在過去的時間，S卻不知前往哪個社群展開新關係了。

接收不到彼此頻率，許久之後，她才發現，她們從摯友變成點頭之交。失去S的生活，她只剩下E這個假掰的臉書朋友。

偶爾她也會想起，那些來上有氧課程的貴婦們，她們曾是朋友。貴婦們臉上厚厚一層粉蓋不了斑駁紋路，鬆弛的大腿肌在張闔間浮浮盪盪，橘皮組織還會在每次深蹲後，若隱若現抖動著，她不知道這些女人到底還能挽回什麼？

她希望自己以後不要變成這樣的女人。但她顯然想得太多太遠，她不是貴婦，沒人愛，沒有豪宅，沒有未來，沒有一個真心的朋友。不管怎麼揮動拳擊手套，怎麼踩飛輪，這身軀鍛鍊過的優美線條，都模糊了，她的心，又該拿什麼去操練呢？

一切都會回到原點。體重體脂肪，曾經美好的數字像落日，不注意的時候便消失無蹤，明天又得重新鍛鍊。日復一日，她沉溺在美的循環，又跳出醜的報復。在健身房上班，會覺得人實在不值得一瘦再瘦，花費大量時間和金錢，肥胖卻總在鬆懈時，瞬間反撲。

她甚至覺得運動是詭計，將人變成沒有情感的人，不斷將體液逼出皮膚表層，大量脫水後，她只會臉色蒼白的喘氣，像沒有情感的動物。她想起爸爸還沒過世前最愛的老波比，波比走的時候十八歲了，每日盡力跑跳翻滾握手搖尾，只為肉乾，不給獎賞，波比看都不看人一眼。

她努力上完這些課程，還不如波比，她還是輸了，體脂肪又回到高點。很快的，她便放棄在健身房折磨自己了。

在健身房工作，她現在卻堅決反對運動，平常大概是快走半小時抵達離家最近的捷運站，走路時間剛好將便利商店買來的39元早餐組合吞嚥完畢，這是小資族的日常移動，同樣燃燒著卡路里。行色匆匆與學生和上班族快步錯身，她和他們，好像只有裝扮不同，有時她會錯覺自己還沒畢業，只是換個地方繼續夢想。

盡力擺動身軀，從家這個定點抵達公司這個支點，彷彿是時鐘移動的指針，勉力將一日的工作完成。下班回家，吃過晚餐，她總是癱坐在床上用電腦看看韓劇日劇，不然就是躺著滑手機，盡量和床鋪融為一體。

「運動只是為了脫下人皮，變成某種動物吧。」她歪著頭，下意識又看著窗外，什麼都不做只動手指也心煩氣躁。

那個朝著牆上拍擊網球的少年已然消失。她又躺回床上拿著手機開始滑……最新動態仍是Jennifer轉貼的文章。J在臉書公開徵友不是新鮮事，但直接在塗鴉牆列出一串必要條件倒是第一次，有房有車有工作、個性善良擅長烹飪和居家布置、父母雙亡更好……還特別強調「必要」二字。

「這年頭，自我感覺良好的人真不少……」她支著下巴，鼻腔轉著悶氣，食指快速往下滑。

J分明不在乎有沒有男友，或許只想享受陌生人的驚嘆，包括鄙夷，只要被關注，就有存在感吧。J曾在臉書說，不爽她高調徵友，歡迎私訊指教。她才不想浪費時間指教J，卻還是忍不住，點開J的頁面，哇——J居然自創粉絲專頁，動態和照片也沒鎖上隱私，誰都能貼文貼照，一夥臉友約KTV約舞約酒約砲，像是愛情公寓網站或以前的奇摩交友，春意盎然。

那一天開始，她追蹤了J。正確來說，應該是Eliza追蹤了Jennifer。

追蹤，不需經過本人同意，E像躲在暗處靜靜觀看密不透聲的監視器，還可往前回溯來不及參與的時間。追蹤，賦予了陌生人上帝一般沉默俯瞰的高度。她不想變成像J那樣的女人，所以她派出Eliza面對這個世界。

在想些什麼？

日日不同的表情，Jennifer都張貼在粉絲專頁。昨天動態宣示著桃花不見了，今天左一個哭哭，右一個淚奔，說厭倦繁重工作，全天下男人眼睛都瞎了，錯過她等於錯過一輩子，還加碼貼了整首情歌的歌詞。

情感過於氾濫，非誠勿擾，J聲明不要莫名搭訕和詐騙，大家最好躲遠一點，尤其已經有伴侶的人，他們的偷竊成分最大，致使J的寂寞完全變態的過程，大家都脫不了關係。

Jennifer
7月30日14：30

我的寂寞抽長成一株巨大的爬藤植物，經過道路搭上公車轉進地下階梯，再順手將那活潑的觸鬚打一個結，每個陌生的眼神都看見了。

讚　留言　分享

她立即要E按讚。她覺得J在自己專屬的頁面，不小心還是會暴露脆弱的一面，甚至像個詩人，曲折的句子，J想讓人感受文青的質感吧。不過，每次J噴發文采，卻沒幾人稱讚。臉書動態和社會百態差不多，只有食物和寵物這類無害的照片最能引人按讚，認真寫一段文字，喃喃自語的文藝腔，總是缺乏共鳴。

J今天還分享了一則網路即時新聞：沒使用臉書的人，專家認為很「可疑」。

看到標題，她又控制不了指尖，立即點開全文。新聞引用德國報刊分析美國校園隨機殺人案，指出嗜血殺人犯沒有臉書帳號，推論其人必定長期人際關係失能導致心靈殘缺。

看到這，她忍不住笑出聲。還好她有E。Eliza應該多少鞏固了她的人際關係吧。

她想起四年前，剛到健身房任職總機，上班不到半天，只認識人資部小姐。沒人找她說話，有點擔心該不會被排擠了。沒想到中午休息時間一到，幾個經過櫃檯的行銷部同事劈頭便問她臉書帳號，不是自我介紹，也不是午餐邀請，她表示沒有Facebook，他們像觀看白堊紀化石那樣打量她，還露出狐疑的笑，要她最好申請一個，公私兩便。

她隨便弄了一個身分充數，從此成為現實的虛假。後來，同事們不斷在動態和照片Tag她，令她不勝其擾，她不想成為別人生活的附屬，被Tag彷彿拖油瓶或跟屁蟲，她厭惡落在他人之後的感覺。

於是她幫Eliza申請了帳號。E才是真正的她。沒有人知道的她。

E的存在讓她很安心，像是影武者，E認同的事情，她都可以翻臉不認帳。接下來，她每天都耗費大量時間上臉書，她沒加幾個好友，大多是公司同事，E的朋友倒是高達上千人，還追蹤了許多她感興趣的名人。觀看這些人的生活，讓她覺得自己是偷窺狂，不過E的頁面也只有幾則轉貼的攝影作品，即使E和她有共同朋友，E也不會被誰發現真實身分，她便安心的繼續偷窺別人。

她的同事熱愛在各種地點打卡，包括醫院咖啡館、移動的高鐵、馬桶上。也喜歡在臉書秀出食物照、本人與食物的合照、寵物照、本人與寵物的合照、小孩照、本人與小孩的合照、睡著和睡不著的照片，連在床上看書和陽臺抽菸也有局部照片。虛擬空間好像無法保護真實人生，但真實人生卻成為陌生場景了。

有時她覺得和同事應酬實在太疲憊，便轉換身分，把E推出去，代替她去同事的臉書嗆聲撒潑，有時E就直接被同事封鎖。她總是感到暢快不已，再去同事臉書逡巡一番，同事正砲火四射的幹譙白目臉友亂留言，已火大封鎖，將E列為拒絕往來戶，還呼籲大家小心瘋狗出沒。這時，她便如同貓咪忽然收起賁張的爪子，輕輕的，在同事火冒三丈的動態按讚。

上班這件事，是工作，不包含她得奉送自己的生活。所以她從不在同事的臉書留言，只是按讚。讚不代表喜歡，喜歡仍然太多，只是讀過，閱。

指尖滑滑，她還是忍不住推敲J轉貼新聞的用意，是J最近不需哀號沒有桃花，轉而關注社會現況和未來人際發展嗎？也有可能J純粹順手轉貼。她下意識點開J的感情狀態，仍舊是，一言難盡。

「騙肖仔，一言難盡，就是沒人追啦。」

她突然想起隔壁部門比紙片還瘦的業務，一面咂咂啜飲咖啡，一面對著她部門新來的工讀生美眉說：「怎麼都不確定我的邀請啊——快加我好友啦。」整個行銷部都知道紙片業務要把工讀生美眉，但他卻只想確定臉書的朋友關係，這種男人，一輩子都交不到女朋友吧。

當E照例開始對朋友的動態狂按讚不已，手機卻忽然跳出一則來自臉書的訊息：

「你似乎因速度過快而不當使用此功能。你已被封鎖而無法使用它。

1.到使用說明中心了解更多有關封鎖的資訊。

2.若你認為這是誤會，請通知我們。」

E又被停權了。

「Fuck——」她暗暗咒罵。

「在我們解除封鎖之前，請驗證你的身分，並更改密碼。」

她想起申請帳號時，用本名被檢舉，用假名也被檢舉，與某知名藝人相同的三個字讓她備受困擾。她覺得很荒謬，虛擬空間說真話不行，說假話也不行。

她最後決定繼續用E開頭的稱呼，這次換成Elizabeth，Eliza是揉進情人眼裡一粒砂，這種名字是桃花斬，換掉也好。

在想些什麼？

還能想什麼，暫時被停權，不能按讚，她更像垂首躲在陰影裡不吱聲的偷窺狂。

像這個Ann把臉書當成私人日記，日日記載苦心研究的教學方式，A的世界只有學生和老師。她熱衷策畫戶外教學，從歷史古蹟到文創市集，美術館和博物館的藝術大展，陪學生一起讀報，翻轉教學與課本不教的內容。A關心每個孩子的喜憂悲傷，這些溫暖徐徐吹拂著班級大小事，不厭其煩整點發文，自己按讚與回覆。

她覺得A可能和E一樣，是被推舉出來飾演的角色。

A的朋友很少，只有寥寥十幾人，恐怕A和她一樣，不願讓熟人得知臉書帳號。A盡情在網路上赤裸攤現熱情，即使每則動態無人留言按讚絲毫不減損A熱愛教學的姿態。

她看到Ann執著的人生，其實和Betty媽媽沒什麼不同，剛剛B又發了一張3D超音波照，B說孩子在笑，長得像爸拔。孩子是父母的偶像，不論流口水或放屁都可愛到爆炸，但是孩子長大後如果玩臉書，加父母為朋友，卻是臉書發文限制的對象，或是乾脆略過父母的交友邀請，他們連追蹤孩子的動態都得不到允許。

有時她會慶幸，她媽對臉書興趣缺缺，只喜歡看世間情這類親情芭樂劇，陪著演員流淚或咒罵，不會指著她痛罵：「養妳這麼大，為什麼不加我好友，真是不孝女……」

專頁和公眾人物
粉絲專業動態

她也追蹤歌手或名人的粉絲專頁，人氣暢旺的公眾人物，有眾多粉絲追尋聲息，他們卻無情的掐住呼吸的咽喉，總不時宣示其好友人數將抵達或超過5000上限，號令不出聲留言或按讚，擇日清除。清除的空間，不外乎是要讓更多忠貞份子加入他的王國。

按時刪除好友的行為，像配戴特定款式的隱形眼鏡，長戴，雙週拋，每日拋。臉書將人分隔成不同階級，看不見對方，卻甘心被擺布。

她忍不住想，他們如何回應這些朋友關注的訊息呢？

大概像是定期清除冰箱過期食物或整理過季衣物直接丟棄，當麾下五千信眾的王者貼心發布公告，朋友們再擠不出任何話語來留言說明仰慕與讚嘆，他便連一丁點聯繫都要切斷。他們當初不過只想親近偶像給予平凡日常一絲慰藉啊。

果然王者宣告限時開始砍殺，時間一到即將刪無赦，潛水客與弄臣果真接龍留言，讚聲連綿。E決定即刻封鎖王者，在他尚未砍殺前。

E的古怪，她很認同，不在公眾人物的粉絲專頁留言按讚，不犯法。

在想些什麼？

她點開Yan的個人頁面，Y是行銷部主管，平常在公司見面或交談，感覺他既嚴謹又幽默，她幻想過和這樣的男人談戀愛。Y的感情狀態始終成謎。不管她的業績如何傑出，Y頂多牽扯嘴角的冷笑一抹。她其實很怕說錯話，在Y面前。

好久以前，大約是兩年前，已近子夜，Y發動態，寫吃了半包炒飯，還秀出微波後的炒飯。她隨即在聊天室敲他：炒飯是料理包？能夠忍住沒吃完一包，真是料理包達人。他只淡淡回說：已過中年，飲食需節制。Y總是這樣惜字如金，和他對話的人都成了多話。

她想起，那是在Selena和Yan大曬旅遊照後，一切終於明朗。有次Y要去公司樓下星巴克，問她要不要順便買杯咖啡，她一抬頭，卻接收到S疑惑的眼神……之後，S開始在中午端著便當去Y的辦公室，S的椅子再也不會滑過來她這邊了。

在想些什麼？

還能想什麼，刷臉書至少也算鎖定生活目標，社會這麼亂，景氣這麼差，看著別人怎麼生活，在人群中一起被時間擺盪，好像過著別人的日子，自己也不那麼廢，不那麼心虛了。

像這個Cook今天動態提到，每次打開臉書，「在想什麼？」這句話像有個人一直在等他，要他快說一說今天發生了什麼事，感覺很溫暖。想到養了二十幾年的兒子，連機器都比不上，決定從現在開始記錄兒子的生活。

她覺得C很妙，瀏覽C最近十幾則動態，真的都在記錄兒子的事，C像是月球繞著地球轉，他自己是一片荒漠。

兒子看起來很關心我，算是孝子，但是我也很擔心，整夜打遊戲打到天亮

C這個動態還連結了一張在公園拍到的黑面冠鷺，過了十分鐘，只有兩個人按讚，其中一個還是他自己，E是另一個。

她想大概也沒人看見這張鳥照片，C的朋友才三十幾人，大多是國中高中同學，C的同學這歲數都是阿公阿嬤，要摸熟臉書可能要一段時間。E覺得臉書可能是在檢測一個人的人際關係有多糟糕的社群，基本上不太適合老人家。

C的日常，讓她想到媽媽。還好她媽只關心菜價和水電瓦斯電話費，只關心存摺的數字，她媽不會電腦只看電視，每天早起去社區大學上瑜伽課，回家洗澡，再去超市上八小時的班，傍晚回家做飯帶兩個便當，看韓劇看小說，洗澡上床睡覺。她媽還熱衷收集各式清潔劑和抗菌洗衣精，星期天喜歡把整個家翻天覆地清掃一番，媽媽說存摺數字和做家事都讓她覺得自己活著很有目標。

她感覺媽媽的形象和B孕婦A老師其實沒什麼不一樣。她們都在尋求一個存在的方式，去對應這個世界。

一口氣喝完被媽媽責罵只長腦袋不長眼買下的抹茶飲料，她才不管飲料是不是山寨版葉綠素，她只關心Selena的態度，S是她到公司這幾年最要好的朋友，她不懂自己做錯什麼了，S為何不悅？

「Selena，原來經理臉書的名字Yan，希伯來文是『上帝的恩典』欸。取個好名字好重要，難怪Yan高高在上，我們只能看他臉色……」她將新發現，透過私訊和S說。

換來已讀不回。這是什麼意思？已讀，代表S還是在意她呀，想知道她說了什麼；不回，是她說錯什麼嗎？

想到這，她覺得好痛苦。每天在辦公室面對冷冰冰的S，S一定會故意和其他同事高聲說笑、圍在一起看網拍、填團購單……S的視線不再與她交會。整個辦公室飄散著S和她吵架的耳語，細碎的從一句話的猜測，增值為一樁事件，最後成為累世冤仇。

「她們曾經是這麼好的朋友啊」、「她們再也回不去了」、「她們為了一個不值得愛的男人終於反目成仇了。」這些流言真真假假，像是臉書上轉貼的PTT鄉民版留言串，無限增生。

在想些什麼？

2014

2013

2012

2011

她點進Selena個人臉書，手指不停滑過S最近發生的事，像是坐在S身旁聊天，不知不覺滑到了二〇一一年冬天。2011/11/11 11:11，據說非常神奇奧妙的時刻，S正在睡覺，而且一個人在睡。她以為那時S已經和Y在一起了。臉書像是怕人遺忘，非常好心列出隨時可查閱的歷史。

那時她剛到新公司，每天一沾枕就不想回到真實，一打開電腦又不想關上。

二〇一一年只剩下五十天，即將抵達末日傳說二〇一二的時候，她記得下了一週的雨，每日循環望見還是雨天，天還是雨，滴滴答答像沙漏把歡愉緩緩偷走，日夜倒過來依然是濕氣。想到新工作沒完沒了如細菌增生，彷彿陽臺馬賽克磁磚附著的霉，一點一絲吞噬了她。

那陣子，每天都不想上班，那時她是沒有朋友的人，工作就是打字，做帳，印報表，開會，挨罵，打字做帳，印報表開會……直到和S熟悉起來，兩人親熱的在茶水間咬耳朵說同事壞話，還有S和Y剛剛萌芽的愛情。這麼私密的事情，S只告訴她。

她習慣和S一起吃便當，相約逛街看電影，直到有人在臉書留言給S，說某個晚上看到Y跑到她住的社區。她一聽覺得根本謊話連篇，明明Y住在內湖，她住在新店啊。

至少，直到世界末日她們都還是朋友。S並未封鎖她，只是兩人在辦公室漸漸成為點頭之交。至少在臉書，她還可以看見S的未來，她去KTV夜唱、團購五星飯店下午茶、與Y去日本賞櫻、準備和Y結婚了……

Y和她父親很相像，那是掛在牆上的父親，慢慢褪色的樣子。有時快要想不起父親的聲音，一和Y說話，不自覺就會找回一點點消失的什麼，或許是她與父親不曾存在的時間。這也是她始終沒和S說的秘密。

相較於S多姿多采的人生，她的臉書好像一直停在申請帳號的那天，空白的大頭貼，空白的動態。

你認識E嗎？
如要查看她與朋友分享的內容，請傳送邀請給她。

E代替她的存在，存在虛構的時空，為什麼看起來和她一樣悲哀。她又從冰箱拿出一罐可樂，媽媽說喝這個會致癌，死得快，她拿出手機拍下可樂瓶身上汩汩流淌的霧珠，流淚一般，她猛灌了幾口。她的胃現在充滿著致癌因子與化學合成的抹茶飲料，或許只有她嚐出其中有個成分是稀罕元素。

近況更新　新增相片／影片

她將可樂的照片上傳E的臉書，她初次發動態，卻非常熟練，好像已經發了幾千幾萬次一樣，然後自己按下一個讚，又下意識點下首頁連結，重新整理的臉書迅速成為自戀的場所。E有五十幾個朋友都換了大頭貼，十幾個人上傳美食照片，還有人秀出受傷的腳趾，自拍鼻孔、鑽進抽屜的花貓、背後拔罐拔成骰子圖案……

食指滑著滑著，她忽然看見那個在中庭打羽球的男孩——那是個仰角自拍，他把網球夾在食指和中指之間，以戰鬥的手勢擺在胸前，睥睨瞧著那面牆，他搏擊了一整個下午的牆。

她點開他的照片卻無法閱讀文字，那男孩原來還是高中生，她定睛一看，她和他居然有一個共同好友——是同部門的主管，Yan。

頓時，好幾個想法在腦海跳躍，男孩和Y是什麼關係？

Y住內湖呀，不可能同住一個社區，卻從未相遇？這究竟是怎麼回事？

若要查看William動態時報的貼文，請傳送交友邀請給他。

E很隨便的對男孩送出好友邀請，指尖才離開手機螢幕，對方也很隨便馬上就同意了。

忽然，有種即將解密的快感，她快速點開W的頁面，跳出他最新動態：

暑假開始，玩俄羅斯鐵路、冰與火之歌、瘋狂詭宅這種四小時up的專業級桌遊才酷炫。

再往下滑，大多是照片，文字很簡單，累，煩，靠，幹，青啥小。再點開照片專頁，格子狀分布的圖像大多是打球的耍帥照，還有修圖軟體後製的油畫效果……忽然她看到——

二〇一一年十一月William發布的這則貼文留言：

今天爸爸和媽媽為我慶祝生日。

Yan被標記在William的相片中。

她的思考大概只停頓了幾秒鐘。

在想些什麼？

E沒在想什麼。她重新登入了臉書帳號，回到自己的頁面，她很想立刻打電話給S，很想告訴S，她的新發現，關於Y和W。但她什麼都沒做，只複製了這張照片的連結，用私訊傳給S。像以前一樣，她的椅子滑過去S辦公桌那邊，兩人自然的頭碰頭說著悄悄話。她不想再成為沒朋友的人了。

她有點安心。她現在想分享這張照片給S。

臉書族——〈看人臉色〉（第十一屆林榮三文學獎短篇小說獎佳作）

對窗

每天我注視著這條街，直到有一天，她走進畫面。我想她是來欺騙我的視覺，從小到大，只要她的影像一出現，身體就會浮現出罪犯的氣味，牽引著我跟她走。

我經常站在窗口，凝視著窗。

不久之前，我才倚著自己的窗，看著對面旅館。與旅館二樓房間對望的是我的住屋。那裡門窗大敞，電扇還在櫃子上嗡嗡轉動，好像主人只是暫時離開，隨時都可能回到座位繼續閱讀攤開的書。

這裡像荒廢的孤立城樓，樓梯轉角的綠色紗門呀一聲發出低沉嘆息，紗門兀自飄搖，像一張急欲言語的唇。我想轉身往樓下奔去，噔噔噔噔，一陣笨拙聲響令我收住慌亂的步子，回頭一看，卻什麼也沒有。

以為又重複了一次夢境。經常在夢中出現打不開的紗門、長長的走廊、陰暗光線，一個女人的身影。

這不是夢境。此時，只能揮開這些纏繞的記憶。我知道，她在那裡等我。

走進二樓，長廊出現，兩旁是編排著號碼的房間。我在左邊第二間房門前停住，踟躕一會，再度推翻預想的行動。

已經不能回頭了，只能前進或停在原地。

拉開走廊靠陽臺邊上的玻璃窗，軌道撥拉撥拉的聲響不順暢的迴盪於整個空間，稍微一使力，木窗的綠漆就被掰落一大塊。

此時不會有人忽然從房間跑出來，這是沒有人客的旅社。即使聯外道路上有家汽車旅館可提供遊人休憩過宿，女服務生還會在後面的窄巷刷洗腳踏墊，老闆娘習慣在櫃檯打盹，當我被發現時，她們只會抬起寬鬆眼皮看一眼，想著，喔，是老鎮長的孫子。

～

看著窗外繼續吞吐煙圈，下意識摩挲著褲袋裡的打火機。

下午有不太炎熱的陽光，但天際浮泛著介乎陰晴之間的顏色，嚐起來有點悲傷。或許行動很快將被終結，或許我得回去。如果還留在自己的房間，我可能像家中的肥貓蜷在椅子上，攤開書打個呼嚕沉沉睡去。

我可以一整天都盯著窗外。遠方層疊的山脈，在天空寫成蜿蜒虛線的鴿群，讓灰暗的色澤填滿整個視線。不要問我聚焦的是什麼？經常在窗邊站成一豎破折號，直楞楞的，在邊陲小鎮現在的時空，想起從前那個家。

一年前才從醫院回到誕生之地，我已長成青年，小鎮卻靜止在某個時間點，不曾改變。旅店、老街、爺爺故去後留下的低矮古厝。摸著髮鬢剛剛冒出的鬍鬚，我的確不停地長成並崩壞之中。站在長廊窗口已抽了兩根菸，陽光從這格窗移往下一格，我還站在原地。

站上整個下午也不會有人發現吧。失去火車靠站的小鎮，隨著居民陸續遷徙也遺失繁華，空盪的車站，立在寂寞的鐵道旁，僅留下軌道交錯，再也等不到旅人。

每天我注視著這條街，直到有一天，她走進畫面。

我想她是來欺騙我的視覺，從小到大，只要她的影像一出現，身體就會浮現出罪犯的氣味，牽引著我跟她走。這也是她最讓我羨慕的能力，丟棄一切的能力。

~

我的行動應該再敏捷一些。攀翻過矮牆，後門輕易打開了。剛才不願由前門大搖大擺進來，但我居然又看見櫃檯女服務生，頭一點一點的瞌睡。像一再出現的夢。是幼年回憶浮出意識呼應我的行為？因為她沒有更老一些、更滄桑一點。那盹著的女服務生是此刻的幻影吧。

靠著窗遙望遠山、街景、路人，小鎮像個音樂盒，每天只固定走完上緊發條的那一圈旋律。

她出現在街道上了。從踏進小鎮那一秒起，只要她一出門，空氣即會涼滋滋的與風細語她的種種，都市來的女孩，挺著肚子嫁到這裡，更無法苛責鎮裡老去的女人在背後議論揣測。

她穿著金色低跟涼鞋啪答啪答敲響小鎮唯一道路，手裡挽著小菜籃哼著歌，每個人都看到她悠閒的模樣。金色亮光在她腳下像棲著模糊的影子，正在舔著冰棒的小孩，盯著她直看，冰棒的上半截掉到地上去了。

我也喜歡看她。看她在菜園拔菜，看她趴在地板上使勁擦地，看她在大雨將至時收衣服的慌張模樣，看她講電話說沒兩句就笑個不停。

曾經以為只要回到這裡，破碎的心情就能痊癒，但只要我專注的想著她，她就來了。

啪啦、啪啦，她回來了。

不知道她是否看到我，會注意到有人站在二樓看著她吧。她還穿著金色涼鞋，她在我家大門收住腳步，然後走了進去。

我將菸按在窗外的水泥牆上熄掉。我只能當我是第一次見她，雖然我已習慣追索她的身影。

～

「喂！大哥哥，你在這裡做什麼？」

一回頭，忽然看見從右邊房門走出一個皮膚黑黝的男孩。

「我在抽菸。」我沒好氣的吐出煙霧，「你又在這裡做什麼？」

「我來找一個人。」小男生說完後就走到走廊的另一格窗，直盯著窗外。

「我住在對面。」小孩子回話很自然，但我才不信。

「小弟弟，趕緊回家啦，這裡不好玩。」我一心只想把這討人厭的小孩驅離，我有更重要的事，不容許他人破壞。

小男孩並不理會我，他堅定而焦灼的看著對窗。對面的窗門嗯地一聲被推開了。

「媽媽在打掃我的房間。哈哈……，等一下她會丟掉我藏在床底下的那堆紙牌。」小男孩笑了。

啊，我居然沒認出他！想到無法認出自己，一陣暈眩猛地敲擊頭部，像鑽進地裡的打樁機，頻密有節奏的拆解意識。我恨透了被藥物控制的身體，幻想和幻聽又跑出來干預思緒，這代表在醫院進行的治療無效，回到鄉下靜養的想法無效，我的過去和未來都無效到底了。我捏緊口袋裡的打火機，右手顫抖不停，手汗將塑膠外殼完全溽濕。

「大哥哥，我的玩具要被丟掉了。」小男孩靠近身旁，平靜的說。我很羨慕他的單純，他什麼都不懂。

「丟掉。最後你也會被丟掉。」不由自主越來越小的聲量。我不想讓小男孩聽見，讓他就這樣長大。

小男孩天真的望著我說：「大哥哥，媽媽要來了。」

對窗傳來喧譁聲，電話響起、老人高昂激憤的咒罵、圓形紙牌落雨一般飄揚在街上。小孩驚慌的躲在窗戶後面盯著女人的身影，她帶傷跑出了大門，一道好長好紅的傷痕烙在小腿肚，老人抄著長掃帚跟在後頭追出來。她跑進了旅社，在女服務生幫助下走入房間。過了不久，小孩急促地奔跑，跑上旅社二樓，鐙鐙鐙鐙。

～

一切情景都和往日相同。陰暗的光線，在那張床上，我曾被她緊緊擁抱啜泣。她說話時，習慣提高尾音的方式，的確是我一直找尋的那個人。聽她和女服務生哭訴，同學打來電話被公公誤解成莫須有的第三者，丈夫在外地工作毫不知她所受的冤屈，孩子還小該怎麼辦？「今天被打成這樣，鎮上的人馬上會對我指指點點，這個家要怎麼待下去？」

我走到窗邊唰地一聲拉開色彩俗麗的窗簾，屋裡大亮起來。下午的小鎮，依然靜止不動，像失去畫者的寫生。木然的老建物，不再流動的空氣，毫無生機的停頓在窗的框框裡。

沒想到會再走進這房間。床邊有把粗籐編成的高背椅，我坐在高背椅上，緩緩摩挲嶙峋的籐節。總是不斷設想這裡的景緻，果真與小時候探索過的空間無異。但，記憶中留影的人，哪裡去了。

「從這裡也可以看到對面房間喔。」小男孩熟悉的導覽屋外景緻。

往前一望，看到對窗我書櫃上的大同寶寶公仔還是站得歪歪的，有點安心的舒口氣。我和她在這房間住了一晚，這是偏僻小鎮上唯一旅店。她離開之後，我回到家，然後開始趴在窗邊看著對窗，等待窗簾被拉開等待燈亮起來，等待有人來。

這條街很窄，兩棟房子也靠得近，幾次我以為看見了她移動的身影，若是她不開窗，我就呆望著燈暗下去。而旅人很少，我的想像卻一直長大。直到我也離開家，發現世界上還有個人和她長得很像。

在這裡出生，中學到校住宿，大學休學、住院，回到故鄉的我，已變成鄰人眼裡的陌生人。一年前決定回老厝住，但爺爺留下的老屋不只舊，還到處漏水。

整修舊屋時和旅館的女服務生商量，讓我上樓來觀看施工。我巴著長廊木窗眺望幼時住過的家，打著赤膊的工人翻開燻得漆黑的破碎瓦片隨意往樓下一扔，屋簷袒開一個個深黝的洞，他們又鋪上一片片新瓦。

當時看著新鮮的赭紅瓦片和凝黑的舊瓦錯落而置，屋頂蓋得細密嚴實，但總感覺以前和玩伴打棒球時，球飛上屋瓦砸開的那個洞，始終掩蓋不住。

～

「你想她嗎？」我和身邊的小男孩說。

他看著我，露出缺了兩顆門牙的笑：「大哥哥，我知道你很愛媽媽。」

很久以前，我曾很喜歡一個女生，她笑起來很像我在思念的那個人。我忘不了。

看到她的第一眼，我以為那始終存在母親眉間的兩道深刻皺紋，突然鬆開了。

「小時候住過我家對面的旅館，在那裡過了一夜，那是最後一次看到我媽。」向她敘述舊日的自己，像在轉述他人的人生。

那天晚上媽媽沒有再回過家。趁著爺爺不注意，我偷偷跟著她背後奔進旅館，我以為自己像偵探會發現什麼？

在房門外，聽到她恣意悲切的哭泣，我發現了媽媽的傷心，不像喜歡哼歌抱著我轉圈圈的她，想到這裡不禁蹲在走廊也哭了。號哭不停的我，被她發現，她讓我進去，摟著我睡了一晚。隔天一早，醒過來，她已不在。

「我以為她會回來看我，沒想到一次也沒有。早知道，我就繼續跟蹤她。」我和那女孩傾訴舊日的神情，一定非常哀傷，她抱著我，很久很久都不說話。我覺得自己很荒謬，怎能如此對待心愛的女孩。

她成為影子，附著在我的想像之中。

直到我將治療失眠和頭痛的藥物攪拌著酒精吞下的那天，夢魘終於暫時離開。學校的心理輔導老師建議我接受治療，住一陣子療養院，和她的影子也結束了那種宰制的關係。

回到老家後，翻撥過的整片屋簷，卻出現一股看不見的氣味，像幽靈持續飄晃於整個老厝中，讓我無處可逃。

天色夜了。路燈亮起來，我的家慢慢在夕陽中隱沒。

「大哥哥，明天媽媽就會不見了。」小男孩蹲在窗下的牆面，路燈將他瘦小的身形描出一層淺淺的黑。

「嗯……」我聽見自己哽咽的聲音。

隔天發現媽媽走了。一直走到鎮外的河堤邊上的我，以為自己還是可以找到媽媽。但河水阻隔了方向，我不知在野外哭了多久，才被爺爺領回去。

「沒關係，大哥哥，我明天一定可以找到媽媽。我很厲害，我是福爾摩斯喔。」小男孩忽然綻開笑顏，無邪的望著我，漆黑的眼睛很像媽媽。

我緊握著打火機，拇指輕輕撥動著打火的轉輪。失去舊址，失去這棟建築，我們在自己的窗口可以看得很遠很遠，再也沒有阻礙。我想告訴小男孩，本來打算把這裡放一把火燒個精光，以後我們就不用在往事和傷痛中反覆奔波。

我關上房門。沿著長廊走下樓，老闆娘趴在桌上睡覺，我從旅館正門走出去，好像一切都不曾發生。

回到自己的家，攀著樓梯爬上二樓，感覺全身被放盡力氣似的，明明我只是到了對面。走到書桌旁，書頁被風吹亂，桌上用雕刻刀鏤刻著深深鑿痕，還有我填進的紅墨水蓄滿凹溝。

彷彿被遺忘的時光，那個遺忘我的人，我還可以在對窗找到她。

暮色裡遠方的山腳下，錯落著磚瓦房舍，隱約有吐納炊事的料理氣味，小鎮也要準備休息。當我的視線回到對面的窗口，小男孩向我揮揮手，他的嘴型說著，再見了。

妄想症──〈對窗〉（第五居宗教文學獎短篇小說組首獎）

單身套房

隔壁房子的影子開始行走，白天短短的，像還沒長大的孩子，夜來了，便躺在路的懷裡，張著亮晃晃的空洞，瞪著窗裡的她。

彷彿一切都未曾醒來，她和這個城市。

眼睛尚未適應冬天清晨的光線，洗衣機響起嗶嗶聲，晾好床單和薄被，清晨六點，等待麵包烘烤空檔，走到陽臺遙望初昇日光將遠方一吋吋照亮，她想在半空中享受有View的早餐，即使腳下是騰空的陽臺也很愜意。

端著咖啡，正勾勒如此想像，視線往下，整體畫面卻好像被消除了什麼？像是兩幅相似圖畫，要人找出幾個不同之處，她快速搜尋不久前的記憶，清晰，陳舊，唰唰跑過海馬迴。

「怎麼不見了？」她緊皺眉眼，又舉起手背使勁揉揉眼睛。

前一陣子，還存在隔壁空地那兩棟四層樓老公寓，憑空消失。像是車禍現場遺留的人形輪廓，房子的影子，輕飄飄躺在地上。東北季風呼呼吹，彷若將空地的死亡一併吹進她家。

無力感滲入陽臺的二丁掛磚面。她猛地拉上氣密窗，那力道搖晃了自己，左手端的咖啡濺出幾滴在玻璃邊緣。

兩棟老房子不見蹤影，一旁的小菜園和兩三棵老榕樹，接下來也會消失嗎？

「唉。」嘆息很輕，輕到早晨的陽光只悄悄移動一公分。

小庭還賴在身上甜甜的睡。懷抱著柔軟沉重的小人兒，每天她鎖上家門，將女兒交給A棟的張媽媽，轉身離開。如同一個句號那樣乾脆。踩著輕快的步伐，往捷運站移動，混裝在上班人群中，不免覺得自己還是個單純的小資女。

最近的生活，或許也像這房子。

以為一直存在的都會存在，但有些東西偏偏在自以為的瞬間，完全在生命中消失，不曾留下一丁點挽回空間。

他搬走後，生活像打開一本空白的家計簿，從第一筆屬於自己的支出開始，之後的日常都圍繞著赤字，再也沒有盈餘。

昨晚又加班了。她九點衝回家，匆匆搭上社區大廳A棟電梯去十樓保姆那領回女兒，下了電梯，右手抱著小庭，左手肘掛著包包還夾著派大星布偶，披掛一身物事，以及間歇滑動的嬰孩，彷彿夜街踽踽而行的老婦。

小庭不停在她身上扭動，想撲往玩偶那方，女兒可以不要媽媽哄，卻一定要粉紅派大星，她只想低調的穿過中庭花園回到F棟，看來是不可能了。花壇旁圍坐閒聊的歐巴桑，打赤膊和穿著吊嘎吞吐煙圈的老杯杯們，每晚在她安靜移動時，極有默契中斷對話，淡淡注視她的狼狽。

朦朧燈影下，老人家怡然交談，她偶爾羨慕這樣的悠閒，想起南投鄉間的老父，也喜歡和鄰居端把板凳坐在騎樓路燈下聊天。她和父親，距離三小時車程，卻像分隔不同星際的宇宙，走著各自的時間。

「不要哪，不要不要……我，不——要——回家哪。」快進電梯時，女兒忽然淒厲哭喊。

不——要——回家，尖銳音頻迴盪在一樓大廳。

「呼……」她深吸一口氣，徐徐吐出。她甚至嗅到自己微微口臭，那是整個下午沒說話也沒喝半口水，全心和業主的損益表苦戰的結果。

不要回家——小庭還在嘶吼。基因的強大，她只能苦笑。女兒的父親，是個不要家的男人。

她和他沒有公開儀式，沒有約束，誰也沒背叛誰，沒有結婚共識自然分開了。但她覺得自己是贏家，贏得二十坪套房，還有一個女兒。不管是誰，看見她們，孤伶伶，總會譴責那個不在場的男人。

其實，不必管誰怎麼說怎樣看，她認為這是最好的生活。本來就想有個小孩，他只是，剛好，經過她。

這兩年很疲憊，追趕時間或被時間追趕，慌亂的節奏，終究會慢慢成為回憶。她不需要男人。

女兒或許以後會問她：「爸爸在哪兒？」家裡缺少爸爸這角色，雖說對女兒不甚公平，她認為早晚小庭會明白女人的艱難，這社會實在對女人太不友善了，缺個男人沒啥大不了。誰規定，一個家非得有父親才行。

連續幾個週休二日總是加班無休，像攪拌過多水分的麵團，她渾身綿軟，沒有延展沒有彈性。固定從A棟領回女兒，大約走一百公尺抵達F棟，再搭電梯，返回十二樓的家。她是沒有具體形狀的變形蟲，足印沾黏在地面留下一道存在痕跡，移動至職場，又是任人擺布的懶骨頭座椅，裝飾著別人的夢。

厭膩，每次打開那些充斥數字的帳本，都是虛偽的總和。

這是她的選擇。很多人不看好這樣兩頭奔波的生活，還能如何過下去，包括他和他的家人。

「哼。」只要想到有人等著看笑話，彷彿很有彈性的柳樹，將要曳地的枝葉頃刻揚起，她不自覺腰桿又挺直了一點。不為自己，只為女兒，她甘願。

她的工作追求借貸平衡，但一個家，通常都是負債的開始。

這兩個月的確特別忙，會計年度每半年從內到外折磨她的身心，身體成為反覆旋轉的沙漏，一點一點漏失了身而為人的信心。女兒聽不懂她的心事，堅持或不堅持什麼，她只能和自己商量。

走到家門，她將右手的女兒夾進左手肘臂，頓時傾斜有如一個大大的勾，重心搖晃，派大星咚地滑落，她艱辛的勻出手從包包撈起鑰匙，轉開三道門鎖，腦海忽然閃進今天午休抽空在「靠北老公」臉書專頁發的動態：

不在意失去什麼，換句話就是「不堅持」，什麼都可以犧牲，就像媽媽這種生物。想要一個人的自由，就有一堆「堅持」，譬如要有自己的時間和空間，怕髒怕亂怕人煩……這樣的人，還是當公主好了。既然當了單親媽，只有一個選擇，就是沒得選擇。

她發文完畢，立刻引發正反兩派說法，有人自以為正義的評判：「拜託，他不是妳老公吧？是個爺娘寶吧！」還有人說：「妳是艱苦自己爽到別人啦。

早點醒醒吧妳，妳沒資格當媽——」也有過來人哀怨表示：「養兒育女一場空啦，當媽不如狗……」更有人機關算盡建議她：「說啥屁話，單親還有人追，是真愛無誤，誰說妳沒得選擇？」

虛擬空間任何語言，她都覺得溫暖，至少，有人關心她，家人一樣，與她一起生活，心疼她累，憂煩她的憂煩，一起咒罵精蟲衝腦沒有肩膀的男人。

她不是公主，她可以為了未來受累吃苦，那個爛人才是擔不起責任的王子，選擇錯誤，她認了。接下來，為了女兒，她不在意失去什麼，不堅持，什麼都可以犧牲，也什麼都可以不犧牲。她過自己想過的生活，如此簡單。

瞬間打氣完畢，覺得好像可以好好走進家門了。

打開燈，女兒溜下她疲累身軀，歪歪斜斜走向客廳裡的巧拼一角，倒出樂高盒子，將積木一個個排列成軌道。

屬於她們的一天，才將要展開。

～

上班前，她站在窗口，望著窗外那些土石像小庭愛玩的疊疊樂，差一點點支撐都不行。

兩臺黃色怪手忙碌的來回滾動履帶，舀起一磊磊亂石，放置卡車後斗，怪手伸出手掌頻頻往上添加碎石，一下子，石塊兀自崩落，砰啪嘩啦，瓦解了所有架構。

才幾天光景，空地旁已密密圍起蘋果綠的防禦工事，看似開始整地，波浪狀的圍籬和這棟大樓只隔著一條防火巷。原來，真的，有棟房子即將擋住視線。這麼近的距離，還要不要開窗，還能不能望見遠方，還可以呼吸嗎？

「好一陣子沒從側門進社區，每天急著趕上班，下班回去也趕著接小孩，從來沒有好好注意過隔壁那塊空地，一眨眼，都拆光了……不知道會不會蓋很高的大樓？如果比我家還高，那該怎麼辦？」持續加班第五天，她忍不住在核對客戶帳目時，偷偷和 Kelly 抱怨。

Kelly 推了一下鼻梁上滑落的眼鏡，盯著她，冷靜的說：「去問一下管委會嘛。啊，問問警衛也可以，這些人消息最靈通了。」

同事公事般回答，她頓時感到自己很無用，不過是隔壁蓋了一棟房子，她卻如此脆弱。

隔天，她特別提早十分鐘出門，繞到蘋果綠圍籬旁觀察，發現上面釘著一塊藍色的施工說明鋼板，標示這個建案地下三樓、地上十五樓。明確的樓層，映入眼簾，她的神情瞬間黯淡下來。

「唉，比十二樓還高，再也看不到新店那邊的山，完全都會被遮住了。」她喃喃。

「小姐——不要站在這，很危險……等下卡車會開出來，快點離開——」一陣渾厚低啞嗓音傳來，戴著鵝黃色頭盔的工人揮動著交通指揮棒，要她速速遠離。如果可以，她根本不想靠近，但事實擺在眼前，她不能裝作沒看見。

「啊，不好意思，先生，請問……上面說房子今年八月會蓋好，是真的嗎？」

「不是真的，是煮的喔。沒蓋好，老闆會跳樓啦，預售屋都賣一半了。」

「噢，可是……可是還有半年不是嗎？」她不放棄任何可能，彷彿工人說出什麼就能改變結局。

「小姐，妳嘛幫幫忙——工程款收一收，房子在蓋比生小孩還快，咻一下，就蓋完了啦。」

想到真要蓋起樓房，未來還會超越自家高度，她覺得頭好痛，比思考未來小庭上幼稚園，同學問：「江小庭，妳爸拔呢？」這類問題還要麻煩。

但是既然決定獨力撫養小孩，她不能畏懼，畏懼任何可能發生或是不可能發生的事。

不過是一棟房子。

她連搞大她肚子的男人都可以不要，還有什麼事情可以難倒她。小庭滿兩個月，本想直接請育嬰假，無比混亂讓她想掐死自己的生活，還不是安然度過了。

「呼……」她不自覺又長吐一口氣，好像呼與吸之間，便能排除一些艱難。

當時在網路上爬文爬了半個月，Baby home或是嬰兒與母親、媽媽寶寶這類討論區都是她的最愛。有些媽媽建議兩年育嬰假可分段請，等到孩子要上幼稚園，教育問題啊學區呀有太多時間需要陪伴，在三歲以前，嬰兒期請專業保姆幫忙，讓新手媽媽喘口氣思考未來方為上策。

她覺得媽媽網軍的建議不無道理，試探過主管請假事宜，他先是說要找人事部門研究一下，停頓幾秒，又問：「打算休多久？」隨後堆笑表示法令規定當然可請假，前六個月還有育嬰津貼補助，緊接著他又收起笑容，要她仔細考慮可能發生的變數。

「噢，我還沒決定，只是先了解一下。」她搖搖頭說。

「妳也知道，公司的業務量，妳開始請假，我們可能立刻要遞補新人。」主任最後拿著卷宗夾遮嘴支支吾吾說。

「嗯，我了解。」

她不是非得要這份工作不可，主管的暗示她也不是不懂，那代表，她的位置可輕易被取代。儘管請育嬰假完全沒問題，有問題的是，她選擇的生活，意味著必得割讓一塊領地給這個體制。

她感覺束手無策。沒有誰能幫她。

值得倚靠的人唯有自己。必須想辦法做好媽媽，母親或是女人，不論哪個身分，現在拋棄了關於自由女性的交際和娛樂，或者是，所有的生活。她只剩下自己和不解世事的女兒。

她現在才知道獨自撫養小孩的生活，沒有想像中容易。有時她甚至對偶爾哭鬧不休的小庭發脾氣，在還沒伸手拿枕頭捂住女兒嚎啕不止的嘴巴之前，她只能對著媽媽的照片求救，呼喚那不存在人世的小庭的外婆，嘶啞著嗓子大喊：「媽……妳教教我，我該怎麼辦？我做不好……什麼都做不好……」

後來，已經有兩個小孩的Kelly得知這事，衷心建議她將女兒託給保姆，「女人啊，別將自己想得太偉大，賺錢給保姆，換來一點呼吸空間，沒什麼不好哇。」Kelly一貫沒有絲毫罪惡感，冷靜的說。

Kelly長年和丈夫分別南北兩地工作，有名無實的假日夫妻，兩個孩子一直以來都託給保姆，讀小學以後便託給安親班，Kelly曾說：「我不是無情的媽媽，我也想當個賢妻良母啊。根本是這個社會對媽媽太不友善了，要女人生小孩，又要女人共同賺錢養家，房貸啊補習班學費的，還有每月要給父母孝親費，妳說說，少一份薪水，那個男人撐得起這個家嗎？哼——」

她覺得光靠女人也撐不起這個城市一坪六十萬的家。除非單身一輩子，除非嫁個高富帥，可能還得甘心變成生產機器，生個一打組籃球隊也毫無怨尤。所有的怨氣，大概都是從昏頭成家開始吧。

不久之後，她發現社區布告欄貼出優良保姆啟事，總幹事說A棟那個擁有專業證照的張媽媽，剛好之前帶的小孩上幼稚園了，這保姆不但有經驗有耐心、重點是帶過好幾個小孩，個個聰明伶俐乖巧懂事，給張媽媽帶小孩絕對不會錯。總幹事滔滔不絕的推薦保姆，隱約讓她感覺納悶，好像雙方有某種利益輸送。她為自己冒出這想法感到困窘。

獨自在這城市生活，她經常懷疑別人，誰在夜路端著任何一點火光過來，她都想拿杯水鋪天蓋地澆熄它，還想從眼底細縫偷看對方，是不是轉身便收起原來的表情，輕蔑的笑。她沒有神通天眼，只是不習慣別人的友善。她習慣與人保持距離。

現在的她，不再是一個人，她有女兒，必須付出她最吝於分享的愛。愛一個形貌相似身體奔流著相同血脈的孩子，讓她初次感受到自己是個完整的女人。做任何決定之前，她會想，決不再是一個人的事了。

她得承認終究無法付出全部時間給小孩，用金錢去彌補缺口，是她目前唯一的選擇。事實上，大家都同意並默許母親可以暫時由另一個人取代，其實不必愧疚，但她還是覺得自己很沒用。彷彿她只是生下孩子的媒介，這樣和不要孩子不要家急著逃走的那個男人，沒什麼分別。

她迅速收起自責的情緒，冷靜檢視眼前的替代。

從證照到室內配備一應俱全，還張貼著一整個牆面與小孩的親熱合照，也有家長和保姆帶著小孩慶生、去動物園、遊樂園開心玩耍的照片。有張照片是保姆低垂著頭餵孩子吃布丁，張媽媽的薄唇向上揚起，小女孩笑瞇了眼，就像一對親暱的母女，喔，不只是像，簡直就是，沒人會懷疑。看起來，的確是個值得信任的替代。警衛領著她去A棟看過後，她安心的這麼想，也只能這麼想，何況同住一個社區，再也沒有比張媽媽更理想的保姆了。

她在Line告知父親這件事，住在南投的老爸對於找保姆沒有太多意見，簡單回了一個兔子比OK的貼圖，過了幾分鐘，又傳來幾句話：

老爸：妳也不會帶孩子。

老爸：上次去醫院看這孩子很愛哭，給保姆帶也好。

小潔：保姆只有日託，晚上我得自己帶呀。

小潔：媽媽天生有帶孩子的本事，我覺得我可以，老爸，你要相信我嘛。

老爸：我相信專業

老爸：的保姆。

小潔：講話幹嘛斷句……你不相信自己女兒？

老爸：我相信妳一定會變專業！

「專業個鬼。」她在心裡咒罵，速速結束Line。

老爸愛掌握現況的習慣一點沒變，即使在老媽去世後又再建立另一個家，還是不忘父親的專業，就是適時干涉女兒的重大決定。男人很難體會女人懷孕生產的過程，更難體會孩子之於女人的人生是什麼吧。她的問題，媽媽總會耐心看待。

她想念媽媽。女人是變成母親後，因為孩子，不得不專業。不是有人說上帝分身乏術，才創造女人，她都還沒學會怎麼做好媽媽，上帝就召回助理。她想念媽媽，媽媽可以幫忙問問上帝，創造男人，盡說些甜言蜜語以及溫柔體貼，是為了考驗女人不夠堅定的意志嗎？

她想起媽媽，老是在低頭彎腰拾掇她房間時咕噥：「妳呀——東西老是亂丟，以後當媽，妳就知——做牛做馬一世人喔。」

「吼……，親愛的阿母，沒人要妳做牛做馬好不好，妳可以當作沒看到。」

「小孩子知道什麼，『做牛著愛拖，做人著愛磨』有聽過嗎？」

「隨便妳啦——這麼愛當牛就去當好了。」

媽媽，並沒有遵守約定一直幫她收拾房間。不久，母親咳嗽幾個月不癒，檢查出肺腺癌末期，她整理媽媽的物事，去醫院去安寧病房去殯儀館，才發現，衣櫥堆著許多沒剪掉標牌的少女服飾，都是她的。

她想起少女時期，曾一再鄙夷推走那些媽媽從菜錢省下從市場買來的廉價衣物。現在，她只剩下這些回憶。媽媽永遠離開，不會再買衣服給她了。

～

隔壁房子的影子，仍輕飄飄躺在地上，後來，先是地面裂開縫，一兩天已成為深黝洞穴。

不到一個月，窗外景片又換了一張。看久了，眼睛痠澀，覺得有什麼東西將從地心竄出，竄上她的窗，變形液體或揮發煙塵由縫隙鑽入她家，吞沒所有。

她不是一個人，還有個孩子，但總是沒什麼安全感，更多的是自己嚇唬自己的無邊想像。

空地已不見宛如黃色小鴨游動的小怪手，巨大黑洞每天吞吐戴著工程帽的工人，早晨他們拎著工具鑽入地底，中午爬出，蹲在她住的大樓陰影處吃便當、喝維士比加咖啡，下午又下洞穴去敲打板模架鋼條。

她有些焦慮，週末得空便走到窗前凝視躺在地底的洞穴。發現工人做六休一，社區警衛說他們又在趕工，總是拉起大燈泡弄到入夜，不符合勞基法規定，如果覺得噪音擾鄰，可以給她投訴電話。

「哼。」她不自覺以冷笑結束警衛的風涼話，領走掛號郵件後，不忘微笑和他說再見。

工作就是這樣，賣時間給老闆換來苟活的金錢，還投訴什麼呢。她也經常超過八小時抓帳做報表，傾瀉泰半氣力，從保姆那接回小庭，幫女兒洗澡，收衣洗衣摺衣晾衣、打掃房間收客廳玩具、為孩子說睡前故事，又倒光另一半氣力。搬到這棟大樓一年了，明明發誓一個人也能好好帶大小孩，這樣的生活有時卻好像沒有盡頭，讓她看不見光。

倒是工地洞穴，還閃爍熒熒微弱光亮，像星星墜下地面，恍惚的美麗。

當初，她喜歡的也是這窗景。白天黑夜，無論工作如何疲憊，她總想快點回家。坐北朝南的小套房，客廳、房間與兩面陽臺全都有窗，尤其客廳這扇大窗面向東方，七點一到，整個客廳彷若灑滿七彩碎片，就像現在，佇立於家的中心，她感受著，陽光中的各種重要元素，不論是氫、氦、氧、碳、鐵……充滿朝氣的在塵埃中翻滾，像是和這個空間進行光合作用，只是這樣，她即感到滿足。在那曖昧不明的狼狗時光，她點頭允諾成家。

他們認為什麼儀式都比不上共同擁有一個家的金石盟約。於是，顧自湊足五十萬頭期款，買下這小套房，小小家屋也套住了她。

當她羞澀頷首答覆，彷若為他們短促的閃電之戀留下美麗弧線。得到肯定答覆時，他儼然腎上腺素加速飆升，緊抱著她在空盪盪的預售屋裡旋轉，轉得她頭昏想吐。

不久之後，她隱約感覺身體有點奇怪變化，生理期延誤兩週，乳房無故脹大，上班做帳也經常昏昏欲睡。她求助婦產科，護士立刻拿出驗孕試紙與紙杯要她去洗手間，看見驗孕棒兩道紅線的瞬間，她想尖叫——實在太幸運了！周圍的女同事或大學同學為了求子，求神拜佛試遍偏方，更別說挨針吃藥受罪，她什麼都不必做，輕輕鬆鬆就擁有一個孩子。

三十五歲，屆臨生育最後底限。人生也是。一個「生」字，彷彿給她希望，又同時要她絕望。她不懂這個字為何從此改變他們的人生。

將懷孕八週的訊息告訴那個男人後，他就變成她不認識的模樣。漸漸的，先是減少回家次數，慢慢的，他的東西一點點消失。連吵架她都懶得和他吵，好像這個家這個孩子這個男人，都是她的幻想。

五十萬是她全部積蓄，卻只是他媽給他的零用錢，他騙她的不只是這件小事，還有他爸找律師發存證信函給她，說孩子生下也不會認，誰知道是不是看中他家餐廳連鎖事業……原本夢想中的成家計畫，還沒開始，他和她所發生的一切就被砸個稀巴爛。

二十週，她第一次感覺到胎動，像是貓尾巴輕輕掃過。

她撫著尚未隆起的肚皮，感受，她不是一個人，不論即將發生什麼變化，她得努力活著。醫生說孩子有點小，是個約三百公克的女孩。知道是女孩那天，她挺著看不出肚子的肚子和他在這個套房大吵一架。

「幹——你家有錢了不起……我一毛錢都不要，這孩子是我的我的我的——你滾——」

她罵髒話，生平初次瘋婆罵街一樣，將他嚇得拎著阿曼尼西裝連滾帶爬丟下房子鑰匙和大樓感應卡，走了。

「啊——」她輕聲喊叫。

她站在窗前，望著他的車開出了地下室車道，向右轉，直走，上高架橋。

「噢，妳生氣了嗎？妳不喜歡馬麻說髒話吧。嗯，我保證，以後再也不會說了。」

她覺得下腹一緊，像是女兒從身體裡緊緊揪住她，在那一瞬，忽然清醒的意識到，她得保護她。

她的每根手指輪流彈奏著腹部，彷彿小時候學鋼琴，第一次按住琴鍵，聽聲音共鳴，激動得想哭，她輕輕撫摸肚子，真實感受到女兒又一次，從身體深處，敲打摩斯密碼，給她。

好像有個同盟，不由分說占據她的心她的身體，她不是只有自己。她開始準備兩個人的生活。不同之前的兩人世界，讓她腦子亂哄哄，不知該做什麼，或是不做什麼才是最好。還好，Kelly也一直幫著她，協助張羅生產事宜，直到她具體的同盟終於出現，她感動，她慌張，她好想媽媽也能像隔壁床的產婦的母親那樣，為她煮來滋補的食物與中藥。後來她在病房派送的傳單找到月子阿姨到家送餐和為嬰兒洗浴，穿著厚重衣物戴著毛帽去戶政事務所為女兒辦理入戶。她慢慢學會成為一個母親，承擔一個家沒有父親的一切。

這些陰鬱的時刻，讓她想起媽媽還在的時候。

住在四代同堂的透天厝，做完化療的媽媽還堅持要做飯菜，她阻止不了，只好跟著在廚房團團轉，媽媽怕公公婆婆叔叔伯伯十幾口人餓著，不斷催促她注意鹹淡，手腳俐落快些切菜煮湯……她總覺得好荒謬，傳統的女人嫁進一個家，乳水是為了餵養小孩，汗水都滴在三餐飯菜，剩下的淚水，是為了餵養自己嗎？

她的出口，是臉書的靠北老公專頁。

三五日她習慣去靠北專頁抱怨，有時獲得大量臉友一面倒支持，有時也會被正義魔人攻擊，臉友怎麼賤嘴評論，她倒是沒放在心上。

她只顧鉅細靡遺描述那個男人如何拋妻棄女，在會計師事務所認識的企業家第二代，她沒想到，是沒擔當的媽寶。當初也不曾想去戶政事務所登記，她以為繁文縟節都不足以見證愛的忠貞。沒想到，一說有了孩子，他嚇得像被踩到尾巴的瑪爾濟斯，馬上躲回他媽的懷抱。他只敢傳Line說房子可以不要，孩子也可以不要，更別提什麼海枯石爛的狗屁愛情。

那個男人，其實已經和她無關，為什麼，她還要一再召喚回憶？

她凝視著女兒酷似他的眉眼，瞧不起自己的脆弱。

～

窗外的工地，彷彿一欠身，就能摸到它的臉頰。

自從隔壁開始蓋房子，快樂悲傷像重新解開封鎖線，房子長大的速度讓她心驚。甚至還在窗戶安裝厚重的雙層窗簾，她不想要一開窗即望見別人的窗，或許是對方居家擺設和作息，家的氣味，更讓她感到心慌也說不定。

說也奇怪，預先裝好窗簾，隔壁樓房咯咯噠噠奔走的時間反而靜止不動了。

大概失去資金挹注，蓋蓋停停，弄了大半年，赤裸裸攤現的板模，空洞的骨架，自高處俯瞰，看得出三房兩廳的格局。這些空間總得填進幾個人，點亮幾盞燈，飯菜香，夫妻鬥嘴，孩子哭鬧，那才是家。

「看樣子……又蓋不下去了。」

她還是習慣早上端杯咖啡，順便想像一下別人的慘狀，這樣自己心裡的蹺蹺板會稍微平衡一點。

小庭快滿兩歲了。她的時間仍然不敷使用，像揹著過於窄小貝殼的寄居蟹，在住家和會計師事務所搖搖晃晃移動。她也沒有太過頹喪，應該是說來不及頹喪，上班下班，待她忙完一日昏沉睡去，彷彿戰鬥指數消竭的電玩人物，新的一天來了，又得繼續戰鬥。或許，那種說不清的感覺是麻木，不特別開心，也不至於自艾自憐。

這層樓有四戶，她是30-1號，她從沒看過對面的30-2號，也不知道30-3號是誰，電梯旁的30-4號不論何時都是靜悄悄。

「唉，妳說說看，別人也是這樣想著30-1號嗎？半夜偶爾聽到嬰兒罵罵號，卻從來沒見過這一家子？」她思索鄰居種種，心底一驚，像是看見自己的冷漠。

Kelly噠噠噠打著計算機，停下來翻個白眼拋給她，「欸，我覺得妳搬家算了啦。也有可能妳和鄰居出門時間不一樣啊。整天疑神疑鬼，隔壁那棟房子還沒蓋好，我看妳都快瘋了。」

她什麼也沒說，低著頭對著報表打計算機，噠噠噠，數字數字數字，她的作息活該被數字淹沒。

早上八點將小庭帶到張媽媽家，每晚帶回照顧，扣除嬰兒漫長的睡眠時間，加總起來最多只有相處幾個小時。隔天，又是重複行程。彷彿寄物處常客，領取物品，點交無誤後，分明是她所有，仍感覺愧疚，失職的聲音經常在她腦海蔓延。

事務所隔壁有家托兒所，有次去便利商店買午餐，遇見老師帶著一群小朋友戶外教學，小朋友講話還淌著牛奶與蜜的氣味，有一兩個偶爾想討老師抱抱不果，氣得嘟嘴，她覺得自己居然聚精會神望著別人的孩子，想著小庭。就好像剛生完兩個月，搭捷運上班聽見他人懷裡的嬰兒哭泣她會自然泌乳那樣。看著手拉著手像串珠子環繞貨架的天真孩子，她幾次想起小庭，這可怕的本能，讓她覺得自己真是個充滿愛意的媽媽了。

嬰兒時期的小庭，個性極乖，才兩個月大就會自己盡力捧著奶瓶喝奶，說她盡力並不誇張，兩隻小手牢牢握著比她手臂還寬大的奶瓶，奶瓶反而像是粗胖的樹枝，上面吊掛著細瘦的小猴胳臂，小猴的指節一根一根使盡力氣抓著樹枝，直到喝完150 C.C.方肯罷休。

保姆形容小庭喝光奶的那一瞬，「完全不囉嗦啊——喝完就把奶瓶丟得好遠，哈哈哈哈……」還不斷誇獎，「妳們小庭是神童啊，我帶過這麼多小孩，她最神……」

言下之意，女兒的超能力不只於此，並且打包票說以後要帶小庭去參加爬行比賽，絕對會將一年份的奶粉尿片大獎抱回來，以後一定是天才，要讀資優班，拿第一名，唸北一女上臺大……張媽媽神色飛揚滔滔不絕的延伸思考，不論真偽，兩個月會捧奶瓶的小嬰兒儼然具有未開發的超能力，而生出這嬰兒的母親卻渾然不知，張媽媽自豪的模樣，倒像她才是小庭的媽。

小庭還真是乖巧，除非發燒或打預防針的手臂腫痛，甚少在夜裡啼哭，總是一覺到天亮。給張媽媽帶的這兩年，似乎只要將小庭帶回家，女兒洗過澡也喝過奶，沒什麼地方不舒服，卻總是抱著珊瑚絨的小被子，哼哼唧唧啜泣不止，說是還要去婆婆家，總直呼張媽媽「婆婆」，親暱的口吻就像本該是婆婆家的孩子。

小庭這麼表示，一開始，她只當女兒和婆婆感情特別好，也算好事，至少比死拖活拉都不願意去保姆家要好。Kelly說她兒子去幼稚園上課第一天非常認生，都上了一學期，每次在教室門口和媽媽分開，仍是一把鼻涕一把眼淚，最後倒像是老師在拐騙販賣兒童，得使出各種玩具點心誘惑才願意進教室。

她不懂，分離有這麼難嗎？

她的母親，病了一年，藥石罔效，半夜趁著她去醫院大廳和當時交往的男友講電話，悄悄的走了。她的父親，母親離世不到百日，娶了和她年紀差不多的越南女孩，搬離了老家。

一切都是這麼自然，自然的，有了孩子，男友也慌慌張張離她遠去，自然的，她只剩下了自己和肚裡的女兒。

這些鎮日黏著父母的小孩，總有一天，要面對比兩三個小時更長的時間看不到父母，譬如上小學、隔宿露營、畢業旅行……分開的頻率越來越多，那些雙親缺席的時間，都在考驗你成為一個完整的人，完整成為一個能夠順利脫離家庭，獨立面向世界的人。

她在心底為自己畫圈叉，有時，她仍然欠缺這樣的完整，也不能怪這些小屁孩啦。

她總想著女兒還小，哪個孩子不鬧彆扭，但是小庭特別不接受她哄騙。單純只是一個母親對女兒的虧欠，想在只有兩人的夜晚，彼此有點相依的溫度。每當她帶著故事書或泰迪熊進去小庭房間，想講點床邊故事轉移女兒的注意力，小庭卻仍然持續進行抽噎哽咽的聲響，無比專注將這些悲傷的節奏譜成曲子。有時，還會生氣的撥掉她放在她身上的手，乾脆，無情，不帶任何意義的揮開。

她經常注視著女兒這個動作，不到兩歲的小孩，居然可以直接了當表達對媽媽的喜惡。她毫無力氣抵抗。以言語，或以更激烈的動作，她都做不到。她也好想輕輕摟著小庭，輕聲說：「乖女兒，妳是全世界最乖的女孩，小熊好喜歡妳，馬麻也好喜歡妳，不要哭了喔——」

這些話，她一句也說不出來，只能怔怔望著女兒那揮開的右手，緊緊抓著小被子，轉身撲倒在迪士尼公主床單上，嘴裡含著左手拇指，掛在臉上的淚水，一點一點的乾涸。

一個晚上，又這樣結束了。她有濃重的無力感，還是不夠，小庭都感受得到，就像她總覺得南投的爸爸不夠愛她，不夠愛媽媽，不夠愛家。

缺少爸爸和女兒的互動又怎樣呢？

住在南投的父親，在母親去世後不久，不及百日，他便有了另一個女人。父親淡淡的說，很抱歉，還說：「以後妳也會嫁人，會有自己的丈夫，自己的家，以後妳就會了解，沒有另一半的寂寞。」

原來，如何培養父女情感是次要、不重要，或者需要拿出來取信他人時，偶一為之的表演。

從那個時候起，她就清楚明白有些男人不過是將妻子或女兒，變成他建構家庭的資產。少一個，就補一個。彷彿隔壁工地四處散落的板模，一片一片架起後，上一層樓複製著下一層樓，一模一樣的空間，疊床架屋，別人看了，也覺得現世安穩。

後來，父親又當了爸爸，她多了一個小妹妹，那個分崩離析的家又和以前一樣，有爸爸有媽媽有女兒。卻不再是她的家。

～

「一定是這房子搶走了遠方的光吧。」她想。

隔壁房子的影子開始行走，白天短短的，像還沒長大的孩子，夜來了，便躺在路的懷裡，張著亮晃晃的空洞，瞪著窗裡的她。

「哼。」她唰地拉上薄薄的窗簾。

夏天日頭落得晚，落日透過米色的細紗格窗簾照進客廳，整體亮度便像被調弱了好幾格刻度。不想再讓視線焦灼在同樣的地方，工地輪廓仍透過薄紗隱約投影在她家茶几玻璃上，尤其是那些探照燈，彷彿探人隱私，一併照亮了周遭幾棟建物。

工地開工近年餘，雖是拖拖沓沓才蓋到七樓，距離她，僅餘兩樓高度，整天大型機具和工人吆喝著協調進度，仍舊令人心慌。她早上上班時，兩部水泥預拌車堵在路口，看來又恢復灌漿了。

忍不住詢問警衛進度，他們消息總是靈通。聽說灌漿和板模工程輪替，就像孩子骨架長好，血肉慢慢堆砌，孕婦的肚子隨著預產期接近不斷膨脹，一樓一樓疊疊樂，很快的，半年不到，房子便會拔地而起。她壞心眼的想，最好來個地震颱風，將這棟房子弄垮最好。

傍晚從A棟回到家，小庭一回來便吵著要看巧虎，她將DVD放進放映機，女兒立刻乖巧的抱著巧虎看巧虎。雖然此情此景很荒謬，就像有次和同事聚餐，那時她還沒孩子，在櫃檯結帳時，忽然有小男孩嚎啕大哭，原來是在二樓階梯轉角跌倒，小男孩的爸拔立刻衝向階梯，不先扶起孩子反倒從背包拿出巧虎布偶說：「不哭不哭，巧虎說跌倒不哭，才是勇敢的乖寶寶喔。」

這幾句話也沒說錯，但她隱約覺得，生養小孩果真要比小孩還天真才行啊。

不過是兩年前的事，現在，她居然也臣服於這黃黑條紋的小老虎，並跟著女兒背誦巧虎的話、巧虎的歌，她慢慢相信巧虎王國果真比親生父母還要夠力。

女兒一動也不動窩在沙發盯著電視螢幕，經過半小時，不曾改變姿勢，彷彿一尊菩薩盤坐其上，寧靜安詳。她瞬間拼貼了南投老父愛看政論節目的模樣，差別只在女兒還不擅言詞，無法咒罵無能政府與政策。

她拿出冰箱的冷凍水餃，等水煮沸的空檔，又走到陽臺眺望工地。舉起食指，數了數，約莫有十個工人，忙碌的架著寬木條，橫的，縱的，也有靠著牆釘著板模的，工人赤裸上身，時而俯身，時而舉起材料，夜晚探照燈的溫度肯定熾熱，她下意識也抹抹額頭的汗珠。

架好板模，然後綁鋼筋和灌漿，工人輪流抹平水泥，接下來又是架板模、綁鋼筋和灌漿……不斷重複層層疊疊的步驟，有如樂高積木的勤快小工穿梭其間。她鎮日遙望這棟房子，那麼遠又那麼近，工人具體而微漸漸長大，甚至能望見臉上神情，以及吃力使勁敲打而跳動的肌肉線條。

「啊，危險。」她唰地又拉上第二層棕色布簾，雖然她不清楚這樣能保護的是什麼。

小庭今天打過預防針，觀察女兒似乎沒什麼異常反應，倒是十點喝完奶便沉沉睡去。一整晚，她任由電視機的節目輪番播放，沒有轉臺欲望，只想要讓這個家，有點聲音。

她為自己倒了一杯紅酒，在餐桌前攤開一本厚厚帳冊，打開電腦，開始打計算機做帳，這是Kelly幫忙接下的論件計酬申報營業稅的案子，每個月額外接案尚可補貼保姆費。

她注視著數字，一行一行比對，除了計算機噠噠，只聽見自己的呼吸。這時，遠處傳來陣陣歌聲，聽不清在唱什麼，有點哀怨，有點哭泣的音調，在這樣的夜。

以為是樓上那戶人家還開著卡拉OK在唱歌，原先不以為意，她將電視音量又提高兩格，有點戰鬥的意思。半小時後，又傳來歌聲，是同一首歌。這絕不是樓上那家喜歡在晚上打麻將，還將卡拉OK的Echo音量開到像中秋節社區晚會的環繞模式，樓上風格是〈離開地球表面〉、〈垃圾車〉的High歌。索性關掉電視，歌的曲調依舊，每句歌詞浮動在半空中。她頓時感到悽然。

宛如憑藉在耳畔，又好似挾帶夜風雲霧朦朧的咬字，的確在不遠處，一字一句如泣如訴唱著：「我欲甲你攬牢牢／因為驚你半暝啊爬起來哭／甲你攬塊心肝頭／乎你對人生袂擱茫渺渺……」

「該不會是……」她忽然想到什麼——從餐桌前跳起，奔到陽臺，打開窗，歌聲像被清晰的調高一百分貝，從屋外鑽進了她的住處……「啊，是工人忘了將手機帶回去嗎？」

聲音居然如此靠近，她不想被誰制約，尤其是一棟房子。它卻要日以繼夜提醒她，房子的影子會歌唱，吟唱著吟唱著……她的家不停縮小，她也在縮小。

「到底還要怎樣欺負人哪——」她對著窗外大吼。

可以投訴這個嗎？可以打電話去新聞臺爆料專線嗎？說這工地的噪音奪走她的睡眠，毀了她家的風景線，讓她的孩子驚駭的撫著胸口說好怕好怕，她只有一個人，該怎麼辦？

她什麼都沒做。迅速收拾好被歌聲紊亂的情緒，像是客戶要求會計師事務所另外處理一個帳目應付查稅，默默順從主管暗示，默默做好漂亮的數字，默默領到一筆工作獎金。她將窗門關上。默默走回臥室。

夜已不成眠。輾轉反側後，她放棄睡眠，又回到餐桌打開電腦登入臉書。

靠北老公專頁不乏深閨怨婦癡傻熟女的咒罵，沒啥新鮮事，她又關上電腦，回到一個人的狀態。

所有支持的聲音，都是假的，面對真實的世界，只剩自己。

她喜歡看女兒的睡臉。小巧的鼻梁，微張嘴唇，嘴唇上細小汗毛，笑起來唇邊兩個小梨渦，哭的時候瞬間摺皺的眉心，下弦月迅速翻轉的嘴角。為什麼望著女兒不解世事的臉龐，她覺得踏實與虛無兩種情緒，常在心中彼此衝突呢？

那些不斷變化的表情，讓她每天堅定的告訴自己：「我一定，可以，一定可以，沒有男人也可以。」

女兒還在睡，恬靜的，均勻的呼吸，彷彿正孵一個短暫的夢。

~

那男人一踏入電梯，她立刻警覺的往後略退半步。他拎著手提箱，潔白襯衫與筆直的西裝褲，像剛下班回家有點疲憊的男人。她從四面環繞的鏡子偷看他。

他取出感應門卡準備按數字鍵，見到已閃爍紅燈的9，便縮回半空中的手指，不再按了。看來他與她要去的是同一樓層。他的後腦勺修剪整齊的短髮，側邊剃高青白的鬢角，浮貼在脖頸細小的毛髮，剪裁適中的長褲，上過鞋油的皮鞋。

鏡子投射著三面身影，她和他相隔不到一步的距離，像是結婚多年的夫妻，沒什麼話想說，也沒什麼話非得在電梯裡說。

她其實不排斥再與男人交往，譬如眼前這個看起來穩重的男人，但這一切也僅只是感覺，她現在再也不相信什麼緣分或是一見鍾情。就像Kelly所說那樣，結婚根本是女人自找麻煩，想要發揮母性本能，不必要結婚，如同她這樣有個小孩，爸爸剛好被嚇跑，不然她的生活可能得照顧兩個孩子，一個長不大，一個還在包尿片吃奶。

電梯隨著她的思緒緩慢上升，數字逐一變化，最後停在她的樓層。她不由緊張起來，空氣在電梯門開啟時凝結，彷彿母獅的守備範圍將被入侵，她在他背後注視所有細微波動，草原的風吹不進的大樓甬道，她和他僵持著。

他沒有遲疑，前腳踏出電梯，她後腳跟上，他向右轉，她心下一顫，她步伐略微放慢，幾乎是拖慢拍子拉長音那樣尾隨。那是她家的方向。忽然，他停下腳步，掏出手機低頭像在確定什麼。她還跟隨在後，但保持著安全距離。

她不該緊緊跟隨，這讓他毫無退路。或者毫無退路的是她，她不知該不該越過他？

很快的，她知道他沒有任何企圖，完全是妄想。

他身上有微微的淡香水氣味，伸出手按電鈴。他與她並肩站在家門，彷彿遲歸的家人那樣，她取出鑰匙，開鎖，走進家門。幾乎同時，右邊鄰居的門也開了，他們很快點點頭，交換陌生毫無溫度的微笑。

這麼短的時間，能遇見什麼壞人呢。

安心的舒口氣。她想，自己的表情一定很糟糕。眼袋，暗沉，往下垂墜的法令紋，快三十八歲了。這個數字讓她覺得一切都在往衰敗前進。需要往上拉提的臉部肌肉、胸部，還有人際關係。

她固定在星期五晚上去樓下丟資源回收的瓶罐紙張，幾次遇見30-2號鄰居太太，對方很熱絡的主動裝熟，一起搭電梯回家才發現彼此是鄰居。她的防衛太強，剛好鄰居太太不介意，於是對話方能繼續展開。

問起最近隱約出現忽大忽小的琴聲，琴聲曝光了她以為不存在的彈奏者，鄰居太太帶著歉意說：「不好意思呀，我家妹妹剛學琴，亂彈亂彈的，吵到妳了吧？」

「噢，不會不會，我們家妹妹才吵，有時還會半夜大哭……請多包涵。」她覺得這樣的回答應該算是得體。

鄰居太太眨著眼，一副過來人的口吻：「千萬別這麼說，小孩子嘛，哪個不吵不鬧，長大一點就好了。」

後來她常加班，有時晚上疲累不堪不再勤於整理回收垃圾，也就不再於電梯遇見30-2號鄰居。鄰家小女孩仍然日日勤勉彈奏拜爾，不知是剛習琴節拍不太穩妥，還是她遺忘已久的音感又冒出來調戲回憶，她總覺得那是一架二手琴。

電梯那拎著手提箱的男人是調音師吧。他的出現證實如她所想，不過鋼琴一經搬動，確實也需要調音，不見得是她揣想的二手琴。不一會兒，隔壁便傳來流水般的爬音，非常俐落的攀爬，菟絲花一般將她的心纏繞成青春模樣。

整晚，調音師試音，敲擊音階往右逐一拔尖高音，她站在後陽臺手持澆水器一盆盆灌灑著黃金葛、小辣椒、蘭花草、蔓綠絨、黛粉葉、常春藤、馬拉巴栗……水珠隨興在葉片跳躍，如同活潑音階。她想起了毫無憂慮的少女時期。調音師倏忽琴鍵往左，一個個黯然低嗓，悶沉的音，鎖喉一般難受，夜風隨之吹過來，秋風蕭颯，像是提醒她年輕的夢，都老去了。

她默默闔上薄帽T的帽子，遮蔽了風，遮蔽了眼耳身意的眺望。

正想轉身離開，接下來一串綿密爬音，幾個反覆和弦，啊，是〈給愛德琳的詩〉，少女時代她曾習琴幾年，琴藝如今自然荒廢了，但人還沒搬到高樓、琴還在南投老家時，幾次調音師來家裡調音，她總有錯覺，為鋼琴正音後，不論人或琴忽然中斷的學習都能隨時展開。或者曾經，她比較希望的是成為鋼琴老師的那個人生嗎？

想到這，她又收起腳步，站在陽臺，整理盆栽，耳朵貪戀琴音，緊挨著陽臺鄰窗的那架鋼琴，聽著一曲相思情未了，往事只能回味的感傷。感覺調音師果然不只兩把刷子，接下來爵士版的KTV熱門點播曲新不了情、後來、聽見下雨的聲音，還有卡農和德布西，最後是無伴奏巴哈，專注工作的他，會發現有人站在相鄰的陽臺聆聽嗎？

此時，洗衣機響起一串電子音樂，非常不識相的提醒愛做夢的少女該回到現實人生了。

回到客廳，她下意識又到窗前觀察工地，外圍被鷹架和防護網層層包裹的高聳樓層，灰撲撲空洞的裸裎著房屋骨骼。

「到底要蓋多久啊？買到這房子的人也真夠倒楣。」話一溜出口，她驚覺自己多了一絲同情。

眼前這棟尚且架空的樓房，不知何時才能填充人氣與燈光飯香，比起這空中樓閣，她單身，有個孩子，還有堪稱穩定的工作，足以在這城市安居。過日子，求的不就是這些微小確切的幸福感。

不管這工地是否因為資金窘困或其他人為因素遲遲無法竣工，她決定，自己絕對不要再被尚未成形的房子所擺布。

趁著女兒沉沉入睡，她俐落的洗晾好衣物，客廳散落一地的玩具也都收納妥當，忽然想起下班時忘了補充小庭的奶粉，拿起皮夾和鑰匙開門便往外走……沒想到，幾乎同時，隔壁的他也拎著手提箱關上門準備離開。

像一對感情不是很好的夫妻，什麼話都不必多說，一前一後，站在電梯前等待。

電梯來了。她在他尚未按下樓層數字，搶先按下1，他便安心的靠在鏡子前，從三方鏡面，視線在其後焦灼。她知道自己剛洗過澡，渾身泛著薰衣草精油香氣，穿著寬鬆的帽T和緊身內搭褲，看起來腿長並且曲線動人，目測實際年齡可能減少五歲，或者對方還覺得這女孩夜晚獨自出門有些放縱，印象分數再減分。

電梯逐漸往下，中間他們曾迅速交換視線，他牽動嘴角輕淺的笑，她撩動長髮塞到耳後，露出優美的脖頸。一樓到了。他們是感情不好但極有默契的夫妻，有什麼不滿也不和對方說，他只是為她按住開門鍵，做出手勢，請她先走。

一前一後，他們漫步兀自亮著幾盞景觀夜燈闃無人聲的中庭花園，轉瞬，他便超越了她。毫不眷戀。

從社區大門離開後，他轉入隔壁工地旁的小巷，快速踩過躺在地上輕飄飄的房屋身影，一輛摩托車驀地穿出漆黑，排氣管囂張的音量遺留在他以音樂建構的空間。

她靠在側門的七里香樹叢，看著這一切，發生，結束。彷彿一切都在變化之中，不知名的他，知名的他，她和這個城市。她其實很喜歡想像尚未發生的事，取悅自己，以面對生活的荒謬。

回到她的單身小套房，夜間工地，仍舊裸露著一叢叢鋼筋，猶如尚未收束在一個空間張牙舞爪的手勢，又好像是她少女時代那些叛逆話語。

她不自覺輕聲哼起剛才調音師彈奏的歌曲，走回房間，從這個角度眺望隔壁大樓，夜色遮蔽下，像是橫亙在眼前的障礙，趁著天還沒亮起來，平行轉移到另一個時空。隔壁的房子，看起來，整個消失不見了。

她安心的拉上臥室的窗簾，幫小庭攏攏被，按掉床邊檯燈，輕聲在女兒耳邊說晚安。房間迅速被黑暗包圍，甚至連回音都沒留下。

單親族——〈單身套房〉（《聯合文學》第三七七期，二〇一六年三月）

躲藏

我或許從來沒忘，只是不曾和任何人提起躲在桌下的時間，連他也不曾，他不曾看見另一個我。

「還不出來嗎?」

第一天晚上,將水盆推進桌下,「至少要喝點水吧?」彷彿對著空氣說話。

小水滴貼附在喵咪的下巴,牠瞪著大眼望著我,隨即吐出粉紅小舌滑過右側背、右前肢、右腳掌、前方肚腹,迴身,左側背、左前肢、左腳掌、前方肚腹,有如經過精密計算分割區塊舔著周身。

望著喵咪,或動或靜,越來越覺得牠的神情像我,讓人平靜又困惑。

「難怪大家都說,養貓之後,會和貓越來越像。」

決定和喵咪生活後,心情總隨之起落,倒不是多麼在意,但照看喵咪的確佔據大部分時間,剪指甲、清理抓板、扛貓砂和飼料、打預防針、黏起沙發和衣服上的毛……我喜歡這些瑣碎,有時會忘記身而為人,該面對的現實。

喵咪一直躲在那裡,如何叫喚也無用,強行拖著牠出來餵食,渾身沾滿塵埃棉絮,不一會兒,又鑽進去了。

第二天早上。

我還趴在小茶几前等待。一開始是蹲,兩三小時後,身體有些麻木僵硬,倒臥冰涼地板左右扭腰翻滾,想起今天還得上課,一陣虛弱襲來。喵咪一直躲在桌下，傷口仍在滲血，我該如何分身去補習班，飛快轉了幾個想法，最後還是決定傳簡訊請他幫忙代課。需要幫忙，還是得求助他，有種濃重的虛脫感，彷彿割讓了什麼。

最終，還是留下來，我想，喵咪需要我。一夜沒闔眼，視線模糊瘦澀，如果去補習班上兩班作文課，回家後喵咪也還在桌下吧。或許牠一點也不需要我。

時間不斷推進，桌下的時間也是暫停的。

他回傳簡訊：放心，這幾天皆可幫忙代課，好好照顧牠。下次去探望喵咪好嗎？

探望是暗語，我懂得。他還沒放棄。但是，我的答覆，他好像永遠不懂。看著簡訊，小心翼翼的探問，不自覺笑出聲。除了愛情，我們可能發生任何關係。

他大概以為脆弱是女人的罩門，需要他幫忙代課，是因為我的喵咪只需要我。大學四年加上研究所三年，除了時間，我再也無法想像其他考驗情感的方式，他卻還不放棄。

心情浮躁，安不了心，只好擺布身體，我習慣做一下瑜伽。確定不必趕著上課怎麼更疲累，也有可能是對方情感居於上風，讓人有些不快。緩慢撐起腰、側著身做了半月式，左右互換三次，肩脊總算得到舒展，再做魚式、上犬式和下犬式，最後弓著身軀回到嬰兒式。

每次在喵咪面前做瑜伽，牠不屑的眼神隨即飄來，這次喵咪卻在桌下如來一般沉靜閉上雙眼。喵咪已不在乎桌外騷動。不過是幾個把戲，彷彿茶色的甲殼昆蟲在眼下紊亂爬行，牠不驚不擾，抬眼也不曾，安安靜靜，吝於張望與移動，時間與牠完全靜止在桌子底下。

喵咪害怕時老愛躲在那張蓋著扶桑花桌布的小茶几下。我知道恐懼是如何吞噬所有，牠任何無聲控訴我都收納。

喵咪冷眼以待，我一味求和。又不是冷戰的情人，一直躲著不出聲響，空曠的客廳，少了喵咪，這個家顯得如此單薄。

「別不理我啊——跟我說句話嘛。」

桌下如深井，黑暗沉鬱，往內拋擲什麼，也得不到回聲，只有冗長的空白。

牠越是沉默自在，我越感到不對勁，伸手進桌下，手臂沒入桌巾一半，彷彿哆啦A夢的異次元，穿過時間的牆，我的手在另一個空間微微顫抖。

所有的光都消失了。

終於摸到貓咪鼻頭，一點點濕潤和冷，溫度讓人莫名安心。取來手機，點開螢幕借光，喵咪蜷著尾巴甜甜圈似的睡，如果戴上維多利亞項圈，牠不可能睡得這麼平靜。

我嘗試探頭進入桌下，悶滯的空氣，織結在桌面內側的蛛網，攀附幾毬喵咪雪白的毛絮，彷彿死亡的蒲公英孢子，停擺在桌下毫無退路。

「小時候，我也曾經這樣，躲在桌子下面。」

忍不住想和喵咪說話，牠根本沒在聽。我還是想說。我們是家人，想說什麼就說什麼，不是很正常嗎？

遺忘的記憶，掀起桌巾往內探勘的瞬間，撲面而來，那黑暗，不由分說攫住眼睛，狹小之地，該面對的是無處可逃的自己吧。

「已經好久沒想到這件事……」

我或許從來沒忘，只是不曾和任何人提起躲在桌下的時間，連他也不曾。

他不曾看見另一個我。

垂墜落地桌巾的小茶几，形成山洞屏障，牠柔軟溫熱的身體在闇黑空間動也不動，彈珠般的瞳仁折射綠光，一閃一滅的指示燈，通往未知國度。像夜間航道。

～

每週兩次固定在瑜伽教室彎折伸屈肢體，瀕臨呼吸窘迫的靜止姿勢，每每讓我練習鎮住自己，成為一座不得搖晃傾斜的山。反覆，鍛鍊，我並不堅強的意志。

喵咪別過頭去，不再看我，攤著綻開的傷，是最沉默的控訴。

昨天回家後，喵咪麻藥未退，拖著帶傷的身體爬行，毫不理會我。不看魚罐頭和水盆，沒有急遽逃離，也無力掙脫我的懷抱。喵咪哀戚的眼睛，讓我覺得愧疚。只見牠輕輕轉開頭，輕輕一躍，離開食物和我的雙手，緩緩的，走進小茶几底下。

不吃不喝不玩的喵咪，似乎純真活潑一併被存放在兩個鐘頭的時空了。醫生說術後兩小時即可返家。兩小時能看場電影遊逛書店喝個下午茶，但昨天我必須去補習班教一堂作文課，不是在玩樂中打發，傳道授業的絕對專注，一遍又一遍講解文章結構，我揣想喵咪的痛和無助已似乎被正當行為淡化。

學生寫作空檔，想起還留在那裡的喵咪，被棄置的時間，牠只能蜷伏在獸醫院鐵籠。我讓喵咪成為茫然無依的孤兒。現在牠森冷表情，不容他者同情的姿態，或許，喵咪正不斷回復那麻藥注入時、眼前闃黑的驚懼畫面，牠恨我、怪我，拋下牠轉身走了嗎？

靜默的喵咪，什麼也沒說。麻醉藥物的副作用，喵咪癱軟的模樣，是否如同我一年前失去的孩子，曾經巴著身體不放的小男孩，拳頭大小，存在我的身體。我想小男孩必定感受到馬麻的愛太稀少，那份量不足以讓他好好長大。

小孩的爸拔總愛以雙手環著我的腰，靠在身後，包覆著我，我包覆著小孩，像是雙括號一樣。他以為有了孩子，我或許願意考慮一個家的可能，但他很清楚，我經常恐懼，恐懼許多還沒發生，或將要發生的事。最後括號內來不及填入更多情節，故事忽然結束了。我開始逃避他，甚至不關心他也是失去孩子的把拔。

後來，在朋友那裡抱回喵咪，我決定繼續一個家的故事。

「再不出來，我要進去喔。」

撩起桌巾鑽進去，勉強塞進半個身子，相較童年的藏匿，我已是巨大的存在。

鑽進桌下，彷彿看見，有雙小女孩的眼睛也直勾勾瞪視著，她什麼也沒說，只是炯炯望著我。我揉揉痠澀的眼，以為是幻影。小女孩的眼睛疊合小獸的驚恐，映在喵咪的渾圓瞳孔，瞬時我無法忽略小女孩的面容，她還是無助的神情，但我也沒有更堅強一些。

喵咪躲在桌下，小女孩也躲在桌下，深夜的桌下。

天色大亮了，誰都不曾離開，像在比誰有耐心，再躲久一點，誰會放棄呢？

放棄就輸了喔。我輕聲說。喵咪的眼在黑暗中閃著犀利綠光，還要對峙多久，我索性匍匐在地板上。

成年之後，鮮少想起童年躲藏的時光，似睡非睡過了一夜，異常疲累。醒來之後，鑽出桌子時撞到旁邊沙發扶手，頭暈目眩，窗外直射的日光灑滿磁磚，一片片宛如可以拾起的透明碎琉璃。

瞇著眼不能直視的光亮，和喵咪一起躲在桌子底下的小女孩，她的眼神召喚了刻意遺忘的回憶。

遙遠的那一夜，漫長或短促無法測量，好像睡過和死過之後，渾身痠痛爬出隱身之處，住居已然扭曲變形。從二樓房間顫巍巍走到一樓，發現酒櫃玻璃碎裂在整個客廳，像是教堂裡的彩繪花窗躺臥在地上，踏進那扇窗，我會進入另一個空間嗎？

記憶，小心翼翼繞過翻覆桌椅與支離崩坍的音響和電視，每走一步，腳底兀自發出嗶嗶啵啵的聲響，我驚愕地張嘴瞪視這一切，以為走錯居所。

鑽進桌下，長大成人的身軀在桌下已無法容身，只能勉強塞進上身與喵咪相望。這一定是幻覺吧。

我還要留在這狹小空間，讓往事反覆碰撞嗎？

喵咪，快點出來——

要忽略身上有個傷口很難。

喵咪的獨白可能是：分明是這可惡的女人，把我送去診所被醫生捅了一個大洞，現在這女人又是傷心又是道歉，這是哪齣八點檔的芭樂劇呀。喵咪緊抿著W狀的嘴唇，更讓人感受到牠內心的小劇場異常澎湃。貓咪的腦容量肯定低於人類，如果可以忘卻陰暗光影，幾日之後該又是活蹦亂跳追逐蟑螂和飛撲窗外小鳥的好貓吧。

不能忽視的是，喵咪的腹部仍汩汩滲出血水，牠偶爾低頭舔了一下縫線處，我甚至能感覺到舌尖滑過時，類似磨砂紙滑過的觸感，舌上的倒鉤牽引肉褶，微微掀起的痛。

如果不豢養牠，一切都會不一樣嗎？

如果不強行將喵咪帶回，牠會在友人家那片後山野地快意奔跑，我僅是無能的將牠困鎖於城市樓房，喵咪從此失去了父母兄弟手足，孤獨的，和孤獨的我，成為家人。

牠不再嚶嚶嗚嗚的哀鳴，窩在茶几下，看起來柔軟平靜。喵咪進入熟眠狀態，已不見昨日驚恐，我卻仍陷在低迷情緒。夜風徐徐，彷如昨天發生的事，是一場睡與睡之間夾帶的夢境。

想起喵咪的嬰兒期，小而柔軟，嚶嚶嗚叫，像鳥類又似鼠輩，那時喵咪還需要乳汁與摟抱，甚至還沒學會貓的語言，我心急，執意帶著不到兩個月的牠回家。如果一切倒帶重來，我也不會改變初衷，喵咪肯定仍要疼痛受苦，但牠還會記得這段記憶嗎？

上個月喵咪打完所有預防針，老獸醫勸告盡早結紮，他見我面色凝重猶豫遲疑，垂眼續說：「相信我啦，牠還沒有固定記憶之前，這麼做對牠最好啦。養寵物不是小時候可愛當寶貝，很多人不愛就不愛了，和情侶分手一樣隨便棄養。妳看，這兩個小可憐一直沒人領養。」老獸醫目光瞟向牆角籠裡兩隻血統純正的美短和波斯。

「貓咪是家人——是生命，哪是幼稚的情侶分手。」我忽然感到哀傷，緊抓住喵咪，像是喊出這些話，就能改變什麼。

喵咪在老獸醫懷裡驀地背脊一聳，他迅速架住喵咪手腳，輕輕撫摸背脊，

「呵呵，只是比喻嘛。棄養寵物的人，下輩子也會四處流浪，沒有家人也沒有家。妳放心好了。」篤信佛教的老獸醫有時話頭也很猛烈。

「我很放心哪，那些人會怎樣，不干我的事。」幾乎只發氣音的我，感覺和喵咪一樣虛弱。

每次帶喵咪去診所打針或檢查，老獸醫總會淡淡說，又有人撿到小奶貓一隻，或是哪隻老貓被遺棄。這些中斷的關係，常讓我覺得無能為力。

我和他也是幼稚的情侶吧。消失的生命讓愛情的愛字全然蒸發，雙括號裡的故事開始改寫，餘下一點點家人的情感。他還是喜歡環抱著我，常常捏弄我有些鬆軟的小腹，那裡累積了一個孩子的餵養。

喵咪還是不可避免挨上一刀，不曾商議亦未給牠選擇，但我告訴他，這很艱難，像失去孩子一樣的痛。瑟縮在冰冷醫療檯上的喵咪，眼神慌張游移，微微顫抖，彷若回覆我的草率與輕忽。現在，喵咪和我一樣，擁有的只是無能的器官。

「這麼可愛的喵咪，不會有孩子了……」隔天帶術後的喵咪去換藥，不自覺喃喃說著。

「結紮後的母貓還是有母性，再領養一隻小貓吧。」老獸醫指著旁邊等待主人的三花，「小花很會撒嬌，嘴巴那圈棕色很像小熊，很可愛。」

接著老獸醫停下清創傷口的手術剪，邊用棉花消毒著縫線，皺眉說：「前幾天啊，新聞說有個單親媽媽將小孩丟在警局門口，就像小狗小貓不養也丟在我門口，人和動物不能相比啊——人實在太無情了。」他像讀過我的心事，幽幽的說。

懷抱喵咪的柔軟和溫度，不意外，我會想起如果能成為母親，該是如何寶惜那失去的小男孩。

「噢，人就是動物，真的不會比較高尚。」我淡然回答。

我其實不明白，為什麼有人會將自己的小孩丟掉，又不是老舊物品，沒有價值沒有用處便隨意丟棄。我也不明白，父母當年如何能將孩子丟在家，顧自走了。

那是逃避嗎？聽說母貓發現小貓有病或發育不良，會將小貓吃掉，免得小貓受苦，也聽說曾有母貓生完一窩小貓，無力撫養或不明原因，丟下小貓不見蹤影。不論是人或動物都有情感吧，但我還是不懂，人這種生物，面臨什麼關卡，會丟下自己的小孩。

或許，只有我過於濫情，有些人並不覺丟下一隻貓不管有什麼大不了，昨天只是暫時將喵咪留置在獸醫院，我的逃避卻伴隨罪惡感無盡蔓延。還好，總有獸醫收容無家可歸的毛小孩，我收容喵咪，我們仍然如同家人不離不棄。

傷口還是有點發炎，老獸醫叮囑隔天再來換藥。回到家，喵咪吃了一點點鮪魚罐頭，也喝了水，掙脫我的手，又鑽進牠的洞穴。

「喵咪還記得昨天發生的事嗎？可以忘掉最好……」

桌下的牠喵嗚一聲，似是回覆。

不知疼不疼？如果肚子綻開十公分傷口，要人遺忘也難。喵咪此時不再舔舐自己，靜如夜海礁岩，動也不動。

徹夜陪著喵咪，我還能堅持下去。從小桌子低伏身體爬出，一個姿勢固著過久，下肢不聽話的麻木，一時半刻找不回身體的感覺，渾身彷彿是被抽光氣體的大型氣球外皮。那一瞬，我什麼都不是啊，堅持或不堅持，原來都是徒勞。

不論如何軟弱，先微微活動肢體，喚醒沉睡的神經末梢。緩慢伏下身，雙手抱著肩，像個柔軟的瑜伽球，在天色未明的空間，輕輕搖晃，將自己滾到牆邊，再伸手撳亮燈——光線唰地撲面而來，待視覺適應，卻發現這裡變成爸媽的房間？難道這是夢境？

有如災難電影臨時搭蓋的場景，落地衣櫥那扇門搖搖欲墜，像口腔裡晃搖多時的乳牙，隨手一扳即要崩斷。這個房間，這扇門，怎麼又回到了過去？這個房間不是我現在的家。

我閉上眼，關上夢中那扇衣櫥的門。不想回憶。

小時候，喜歡在爸媽房間胡混瞎玩，最愛整個人巴在這扇門上，雙手扣在門沿，腳尖踩著門框，立在門上宛如揚起一片風帆，來回擺盪。踮起腳尖踩著門片，我是一隻翠鳥，振翅一飛便能飛到位於房間中心點的大床，每回安全降落，拋擲在床上的小小身軀總要微微彈跳起來，像是小小的鼓掌，一次又一次，不厭其煩。

還有媽媽化妝檯前那張椅子，是鑲嵌厚海綿覆蓋酒紅天鵝絨的座椅，外觀是化妝桌，小椅子推進去，桌子便幻化為櫃子，我最愛躲在桌椅交界的空隙，那是一個人的領地。

一個人的遊戲，那樣的寂寞，平常隱藏得很好，幾乎都忘記曾經存在過。脆弱一旦被提醒了，碎裂的時間立刻線性連結恨不得消失的瞬間，原來，我不過是暫時躲進泡泡裡的真空狀態，不知何時便不堪一擊。

那一夜，有人拽著榔頭棍棒入侵童年的家，我只能躲藏，看著這一切發生，結束。

曾是躲貓貓的藏身處，牢牢封存所有被遺棄的記憶。那是十歲發生的事。父母倉皇離家，一放學回到家，我便從活潑開朗的女孩變成一輩子怨恨父母的孩子。

躲在桌子底下的小女孩，或者完全沒有離開吧。我不只一次思索這個問題。

貓咪是有記憶的吧，喵咪也會深刻記得，被我遺棄的這一天？

小男孩呢？他會記得無能的母親，來不及保護他長大嗎？

～

第三天下午。

獸醫交代還得換藥，召喚喵咪無效，只好將牠從桌下拖出來。勉強，或是左右意志，是我最不喜歡對喵咪做的事。即使是租借地，我也希望牠能拋下駐紮的錨，在安全領地隨意行走。

「妳班上的小朋友，每個都聰明乖巧啊。」今天他傳來的簡訊這麼說。他曾說，如果我們有孩子，該是如何幸福。還以為從帶課的班級就能了解我，他看見的作文課不過是虛構的種種。小朋友總是極盡所能的描寫家和家人，幸福快樂，充滿每個格子，一句一句跑著馬拉松，甚至都忘了句號的存在。彷彿虛構是天生本能，每次訂正標點，我總會想起童年的自己是如何編造著我的家。

我不厭其煩和班上的小朋友說：「不要通篇逗號，句號是圓滿，說完一件事告一段落，這樣不是很好。」

小朋友都做到了。他不清楚這個要求，我便再說明白一些：「句號就到我這為止吧。問號是好奇，對這世界還有提問的能力，你可以再探索其他的可能……」

「我的問號，就到妳為止。」上次見面時，他簡潔回答我。照盼喵咪，不自覺還是想起他。或許，人生不是只有一種符號，還需要其他節奏呼吸吧。

將喵咪從桌下拉出來，牠極力扭動，想從懷裡逃脫。一拿出外出揹袋，喵咪接收到訊號，警醒聳背，轉身又想往桌下鑽，只好像綁架人質那樣，迅速固定牠的頭顱並扣住手腳，用粗棉布的提袋包裹著挾在臂彎，疾疾步行到獸醫診所。

最近的大雨不是恰好趕在回家路上，便是在出門時狠著心從未有要停止的意思。我們走在午後街道，和烏雲競賽，淌著汗，濕淋淋的我像是從雨裡化出的形狀，懷抱著喵咪讓我擔憂，是否淋到濕身我完全不在乎，有點雨也好，剛好緩解焦躁。

近來天天有雨，喵咪初次看見了雨也聽見雨聲。不是大樓半空中隔著玻璃窗觀望那大水潑墨似的撲來，或是灑水器澆灌的水花四濺，飛過幾抹微雨答答落在地板上。喵咪好奇的從提袋探出頭來，盯著車子雨刷啪啪刷水，從袋子開口仰首觀看雨的姿態，像是初次望見天空有水落下的小孩。

一踏進獸醫診所，歡快的遊歷像幾幕舞臺劇，有如傾倒在後臺的道具頓時失去了生命感。喵咪在懷裡瑟縮。我將喵咪從提袋裡拎出來，軟綿綿的牠像懸絲傀儡，不知是否發燒了。

換藥時，喵咪忽然雙耳豎直、背脊微微高聳，眼神晶亮，一掃剛才的頹喪脆弱。牠發現了籠裡被棄養的同類，喵嗚喵嗚叫喚，像交換信息。醫生說喵咪鼻頭很濕潤，眼睛也很有神，量了體溫，一切正常。

「喵咪，你是有人愛的喔。」這麼說，毫無他意，只是想說出來。

我慢慢撫順喵咪胸口的軟毛，一毬毬，一束束，以手指劃開糾結，梳理牠的驕傲。老獸醫說，喵咪很幸福，我是溫柔的馬麻。

返家歸途，我們經過正在挖鑿捷運的怪手，碰上垃圾車的音樂會，有個陌生男人跟我問路，還去便利商店領走網路書店的書，電動門開啟，聽見叮咚的喵咪，身體也跟著顫動了一秒。

回到家，我將提袋擺在地上，我們像是合作良好的魔術師和兔子，牠迫不及待且完美的從袋子裡小跨步躍出，剛好降落在身邊。安靜乖巧的喵咪，黏膩的磨蹭著我的小腿肚、腳踝，以及提袋，有一些窸窸窣窣的聲響，彷彿問答。

我摸著喵咪的額頭，想起他，也會在我噩夢時這樣溫柔摩挲我的背，輕拍我入睡。

「喵咪，妳說說看，我們還可以繼續嗎？」我是指，我和他。

喵咪像聽見我的問句，牠自在的匍匐於方形地磚，須臾又伸直前肢、拱起背，一個逗號的姿態，牠說，這才是放鬆啊。

貓背式首先是四肢跪地，將雙手往前推，額頭貼地，臀部高高抬起，大腿與地面呈垂直，將自己變成貓……四肢落地，像是回到學步以前。

當我模仿喵咪放鬆身體，也想把心放到最鬆，可容許一排上刺刀的士兵踢正步，對於人的執拗越來越不在意，變成一個好商量的人。

「我的寶貝、寶貝，給我一點甜甜，讓我整夜都好眠，我的寶貝寶貝——」

手機來電音樂響起。

這是催眠指令。喵咪忽然想起什麼，回到現實，牠又成為有十公分傷口的喵咪，逃離我的懷抱，一溜煙，鑽進小桌子底下。

放任著音樂吟唱兩個小節，終於停止。來電顯示，是他。一通語音留言。按下聽取語音指示１２３，他說：「是我啦。還是想問妳……喵咪今天好嗎？

傷口好些了嗎？妳好嗎？」

三個問句都很難回答。

～

第三天晚上。

我的柔軟度不是特別好，畢竟已是老骨頭，剛開始學瑜伽，簡單的伸直雙腿、彎腰以手指碰觸腳趾，都像要將我撕裂。上完一堂課，只有沮喪陪著下課，軀體僵硬如弦，完全不會妥協，彈不出悅耳和諧的呼與吸。

「那天應該留下來陪妳的，妳一定很害怕。」不自覺又對桌下的喵咪說話。話語也是一種屏障。我需要把自己揪出來。那個曾經躲在桌子下的小女孩。

凝視著藏在茶几下面的小獸，慢慢的，好像也發現心中某些偏執不移的堅持，逐漸分崩瓦解。那天下午和喵咪才分開兩個鐘頭，煩躁的溫度和呼吸氣味，都還清晰記得。

天空當時悶得擰出渾身汗，靜寂課室粉筆摩擦黑板碎屑紛紛，學生發問後埋首寫著作文。我忍不住迸出蚊蚋細微聲波，學生不知所以，不時抬起頭來望向語意不明的我。我不該還來上課，看學生一格一格填著文字，我該陪著喵咪度過兩個小時，一百二十分鐘，七千兩百秒。

時間，每一秒都伸出了貓爪在我心底刮搔著。

教室的課桌椅，讓我想起中學時代，親師懇談會，坐滿同學的爸爸媽媽，而我站在走廊外，遞水發資料，請他們在自己孩子的名字旁簽名。他們都關心孩子，他們，可不可以來教教我的爸爸媽媽。

同樣遙遠的那天下午，同樣悶熱的天氣，一場雨遲遲不痛快的降下。我的家，很多細節全變了。

那一日究竟發生什麼？讓他們決定丟掉一個家，只留下小孩。

留在家裡的東西都是不值得帶走的嗎？媽媽的改良式珊瑚色旗袍和雪紡紗洋裝還掛在衣櫥，幾雙高跟鞋排排站在庭院的鞋櫃，牆上那兩把有金黃穗墜的寶劍和一整盒的外國錢幣，都忘了帶走。還有我。

討債者將東西砸爛，我躲在化妝檯桌下，把剛剛發育的身軀緊塞在狹小空間，死屍般不能喘氣，沒有躲貓貓的刺激，是生與死的拉鋸……

當時我不懂活著的艱難，我也曾想過，身為父母，也有許多棘手的困境，是十歲的小孩所不能理解。但是，我能感受喵咪的驚懼，即使只能趴在桌子底下，陪著牠，至少喵咪一睜開眼，就看到我在，在我們的家。

我掀起桌巾，喵咪手抱著頭，畏光遮掩著眼睛，甜甜的睡。接連兩日探進桌下，餵食牠逐漸脆弱與緩慢減少於人們的信任，終於，腫脹的傷口看起來消退了一些。

喵咪在桌下轉個身，將手腳都收攏在身體裡，圓滾滾，像個初生嬰兒。

練瑜伽時，我最喜歡嬰兒式，還有一節課程結束的大休息。我在桌外做完英雄式與鴿式，三角伸展式和背部牽引，然後往後跪坐，手放兩旁，身體貼腿，頭貼地放鬆。將自己坐成一個嬰兒，彷彿結束又開始了，人的一生。

有如一張靜止的畫鑲嵌在桌下，喵咪遺失兩個小時，小女孩遺失了童年。桌下彷彿子宮，我和喵咪在此連接家的脈搏，連接和小女孩共處的空間，連接和小男孩的臍帶。

瑜伽老師曾說，身體往前的動作是未來，往後是過去，那麼，在桌下往前，再往前，蜷縮成嬰兒的模樣。我還能遇見什麼？

～

喵咪，你餓不餓？

再次打開魚罐頭，推進去桌子下。「那不是躲貓貓的好地方。」我喃喃，卻無力佐證這個論點。

從朋友家帶喵咪回家那天，牠一落地，四處慌亂奔竄，這個家對牠來說不過是巨大空間，餐桌沙發書櫃，每個堅硬物體區隔了大小不一的陌生感。對一隻貓而言，藏身為第一要務，這張桌子以外的世界，都是險路。

電話或電鈴一響，牠即箭矢般沒入靠牆鋪著長桌巾的小茶几下方，喵咪和我一樣，歇斯底里，極度缺乏安全感。

喵咪將自己藏匿的那一刻起，那闇黑歷史會不會和我一樣，某一段時間永遠被困在桌下，怎麼都出不去了。

喵咪，我跟妳說，我寧可是獸醫院待人認養的米克斯，至少有人收容，能期待被愛，甚至，能擁有一個家。失去孩子之後，我再也不想聽聞比遺棄更為疼痛的話語。

我的記憶固執的停在最後那夜，不是被留在櫥櫃的洋酒和麻將桌上凌亂籌碼，亦非冰箱裡塞得緊密無縫的食物和飲料，更不只是壓在電話機下的五百塊錢可以餵養……他們就這樣走了。精確來說這對父母是逃跑了。工地債務、積欠賭債……逃跑，夫妻感情不和……逃跑，留下小女孩，是抵押給一個家的人質，跑不動也逃不了。

後來小女孩被趕來善後的爺爺帶離那裡，那個家。從此，就沒有家可以回去了。幾年後，在爺爺奶奶家再見到爸爸媽媽，他們知曉被丟在家裡的孩子從此無法擺脫暗夜陰影嗎？

媽媽說：「妳老爸，憑什麼一面跑路還和另一個女人逍遙，別以為我什麼都不知道——」

「肖查某，知影芋仔番薯——不好好在家帶小孩，還跟男人一樣在外面走跳討賺。」爸爸不甘示弱回應。

他們有沒有離家好像沒有任何差別，還是彼此推諉責任，他們若無其事回到爸媽的位置，好像從來沒離開過。

父母丟棄我，他們是否曾像我棄置喵咪兩小時後，萌生過罪惡？有嗎？曾經這般想念孩子？他們返家後，不懂為何永遠失去了那個十歲小女孩，她不再天真不再喜歡討著擁抱。我，成為父母口中陰鬱的女兒。後來，考上大學，得到合法離家的理由，便迫不及待搬離那裡。那時，我也不懂，為何從此失去愛的能力。

這幾天，反覆想起從前的家。喵咪已然熟睡，我卻毫無睡意，只好再做一點瑜伽助眠。睡不著的夜晚，不僅僅是這一夜，還有遙遠的那一夜。

無法靜止的回憶一波波拍上腳踝、彎折的背脊、交握在胸前的雙手、垂墜胸前的頭顱。我只能藉由柔軟身體，去抵抗。

～

「出來，好嗎？」希望喵咪能聽到我心底的話。

喵咪抱來時，還不到一公斤，輕盈如羽刮搔著我掌心，我曾對喵咪允諾，不論貧病富饒，牠是我獨一無二的家人。即便已年歲漸長，我的意志還是無用脆弱，尤其在往事面前。模糊的畫面疊合喵咪的傷口，像是將我的苦痛吸附為結締組織，隆起的褐色傷疤，說明了在我不知道的時間，喵咪正在緩慢癒合。

記得去遙遠鄉鎮將喵咪領回那日，他人任意挑揀喵咪的手足，無謂無感的口吻和去市場採買菜肉一般。喵咪或許不記得這一切，但我卻牢記著牠的家，牠誕生的地方。

下午去獸醫診所換藥，一旁被棄養的貓兒，歪著頭看著我們，喵咪也是米克斯，但流浪貓失去純正血統，因此也失去被守護的機會嗎？

將桌巾掀起，把打開的魚罐頭和清水碗推進桌下，喵咪開始小口小口嚼食，嘖滋嘖滋，是這幾天最美妙的聲音。

「我會繼續在桌子外面陪妳喔，喵咪。」我輕輕以手背撫觸著牠的背脊。

夜又來了。喵咪不怕長夜，害怕的也許是我。

或許昨天精神疲累，才會出現幻覺。記住童年往事實在讓人痛苦極了。輾轉反覆，記憶不停倒帶重整，快轉前進、暫停格放，如何迂迴曲折，最終無法擺脫曾經存在的躲藏時光。以為早已丟失了在心中震盪的情節，從來不曾撒手，那個十歲的小女孩，為什麼還無助的留在原地呢？

如果這桌子是時光出入口，當我鑽出來，可以走回那個下午嗎？

我會找到他們嗎？放學時我一定不會先去同學家玩撲克牌，也不急著到漫畫店連看五本漫畫，再減去吃小攤子吃甜不辣的時間，飛奔回家，是不是能遇見父母離家的那一刻？他們可以帶我一起走嗎？不要將我孤伶伶的留下來……

我是不是應該和他好好說說小女孩在桌下發生的事情，他能理解我想要一個家，卻又退縮害怕？我又怎麼能為人父母？他能感受我的恐懼嗎？

他說他的問號就到我為止，那麼，我的問號他都會為我畫上句號嗎？

喵咪還在桌下。

好多想法像泡泡不停冒出來擾亂氣息，怎麼都安不了心，只能繼續擺布身體。先是緩慢撐起腰、側著身做了半月式，再做魚式、上犬式和下犬式，很慢很慢的做每個動作，數算呼吸，最後臉朝下弓著身軀回到嬰兒樣態。

做完半小時伸展，手腳大開躺在客廳中央，好像還是無法在攤屍式的大休息全然放鬆，究竟還缺少什麼呢？

我取來手機，點開連絡人通訊錄，在家人的群組，碰觸他的名字。

一切都是新的。那麼，還可以隨時出發。

喵咪，妳說對吧。

我是柔軟的石頭，我想回復到一個人對世界最原始的柔軟，一切都是新的。

寵物族——〈躲藏〉（《聯合報》副刊，二〇一五年十月七～八日）

漂流城市

經過五年，我還是那個孑然一身的傢伙。我和他，站在一起，在不屬於我們的城市，徬徨的遠眺林立高樓。

我居住的城市，擁擠而紛亂，這樣的城市，在這座狹長的島嶼上由南至北不分規模大小皆同時存在。

只不過剛好我選擇定居於首都之城。一開始並不是這樣的，後來這島嶼許多人與我如同被蠱惑般向它靠攏，待我發覺時，就再也離不開這座城市了。

～

一開啟公寓的信箱，宛若單身男子衣櫥，飽滿且參差不齊的衣物，每一件皆急於伸張肢體的蔓延開來。

每天打開信箱，就有種無力感，總不是我想要的訊息。嘩啦啦……掉出一堆招徠戀物狂消費的傳單和折扣券，還有幾張規劃基金理財、預借現金的銀行廣告信，除了待繳納的水電瓦斯電話費還有張通知中了某財團的刮刮樂大獎專函。氣定神閒的將這一疊同時想借錢給我，又要我掏出錢去消費換取微薄的紅利點數的郵件，咚地全都丟進樓梯間某善心鄰居設置的回收紙箱。

將這些未來消費過去浪費與現在費用分類整理好，每天總要花去一些時間。我的時間可不是拿來浪費的，對一個失業六個月還積欠兩個月房租的三十歲男人而言。

唉。

這聲嘆息驚起一片黑影掠過眼底。

啊，騎樓下有個正在工事中的燕巢。這是一對感情很和諧的燕子吧。一隻忙碌的銜著枯草樹枝飛進飛出，一隻停駐於屋簷旁凌亂低垂的電線上，歪著腦袋看著我。

燕子啊，在這寂寞的城市，你將唾液混合著希望組織成家，我卻在城市迷路了。

去年的去年，或許，你就在城市的不同角落建築那小巧而精緻的巢穴，我則遺失了我第一個家。

～

昨天，還有上個星期的某一天，又做了同樣的夢。

相同的場景，現實生活不可能存在，亦無從對照的場景，卻一再出現於夢境。只要一做這個夢，覺得自己簡直要被困在那個情境不可自拔。我一向有記錄夢境的習慣，那也是因為這夢從不放棄貼近的念頭，才興起統計出現的頻率。

回溯既往，一兩年前夢中穿梭的場景，為什麼在這個時間點，像是想給予我什麼線索似的再度迸發？

我曾於夢中行走的場景，二十七歲那年，數次於其中度過整日，一幕幕悲歡聚散的場景，凌厲預言尚未開展的人生。無法輕易抹去的印象，如此虛幻又真實存在某個時空，夢醒時，總要虛脫的驚出一身汗。

三十歲的某一天，又再次夢見它。

該怎麼形容當時的心情？站在夢境中相同的背景，我萬分清醒的告訴自己：「就是這裡，沒有錯，在夢裡曾經來過的地方。」

甚至嗅聞到空氣中飄浮著燃燒稻草的氣味，幾乎是雀躍的踩著急切的步伐，靠近那石板砌成的矮牆，接著必然會遇上蜿蜒街道，沿著街道錯置的建築、路樹的方向，透露著熟悉又陌生的指標。

認真分辨，還是有點差異，譬如樹木枝椏歧出天際的比例，房屋斑駁的色差，難道在我未曾夢到它的這三年，悄悄改變了什麼？或者，有什麼我所未知的部分依然在夢境成長與質變？

這個夢，彷如不關機的電腦遊戲，只要登錄密碼正確無誤，我和它的界限彷彿是黑夜白天，短短的一星期居然夢見兩次。

許多疑問席捲而來，每回醒來總是頭痛欲裂。或許，我該去翻閱佛洛依德的書尋求答案，我當然知道夢是人的潛意識行為，卻不得不欺瞞直覺，那一再來尋訪的，正是我的「家」。

～

我誕生於炎熱島嶼南方，那個盛產椰子後來賺不了什麼錢改種檳榔的屏東偏遠鄉鎮。以勞力換取三餐溫飽勉強度日的父母親，在我要讀小學前，做了人生中的重大決定，毅然賣掉兩分種不出稻米的旱田，到外地謀生。自此我們一家在島嶼南方的幾個小城鄉流竄，哪個工地缺人就往哪裡去，揹負著變賣祖產的惡名在南方城市各處漂泊。最後，好不容易才於港都高雄安定下來。

我們從來沒想過，距離原鄉不過兩小時車程，分明近在咫尺的故鄉，父親賣掉第一塊田地後，便如同車子後照鏡中一路後退的風景，離我們愈來愈遠。

在靠海的港都，不斷遷徙。開始搬離在高雄市區的第一個家，還很難過的灑了幾滴淚，因為我忘記把綠豆種子一起帶走，它們才長了不到十公分。後來，又陸續搬遷幾次，大約是從苓雅區到三民區，再從凹子底到前鎮加工區，綠豆作業重做了三遍。

我漸漸不去在意這種感覺，總是還沒來得及和鄰居的孩子混熟，我們又得搬家。不過老媽說：「感情毋勉這若重，較艙心酸……」但我的心好像長不高的綠豆，看到綠豆作業就好難過，說不出為什麼。

大城市和小鄉村果然不一樣。我知道媽媽說的是以前住在鄉下，距離住家十步之內的親戚們，哪家的財務狀況、小孩的成績、夫妻爭吵搞外遇包二奶……不僅毫無個人隱私，還會立即在家族位高權重的長輩腦海存檔。相形之下，城市裡的人情味淡薄許多，通常搬家也不必有特別理由，沒有任何感情基礎，只要有人付得起更高的房租，或是我們根本付不出錢來，理虧的人自然二話不說選擇離開。

光是小學，我就讀過四間，從四維換到和平，然後愛國與民族，不過那一點也不重要。一心二聖三多四維五福六合七賢八德九如十全，這十條馬路瓜分了我家的城市遷移地圖。從未體會有青梅竹馬與要好的小學同學是什麼感覺？

「你是個獨行俠來去無蹤。」

這是小學畢業紀念冊上某個署名「大頭」的同學簽下的離別感言，我卻怎麼也想不起他的面容。左鄰右舍還沒摸清我家底細前，我們便偷偷摸摸的連夜搬家，以閃躲一天催討租金數次的房東先生。以至於小學生涯唯一留下的印象，除了很討厭自我介紹，便是小學穿堂上方「禮義廉恥」四個大字，因為我打從心裡瞧不起這總是繳不出房租的家庭，它讓我上學時面對那四個大字老是抬不起頭來。

我的父母克盡半生勞力，還得算上每年詛咒責備別人的好運，終於好不容易抽中勞工貸款，在猶如第二故鄉的高雄，加上互助會東拼西湊的買下興建已久的國民住宅。雖然到城市拓荒的夢想，讓他們失去一塊故鄉的田地，才得以換來二十五坪的房子。那是不認輸的骨氣吧。不認輸的背向整個家族，明知他們都等著看笑話，等著看這家人何時捲起行囊返回故里，甘心老實守著年年歉收的田地。

搬進新家那天晚上，媽媽煮了一鍋加蛋的泡麵，沒有冰箱電視沒有餐桌椅，我們各自坐在紙箱上窸窣吸著麵條，房子好空，我們好開心。

當我也背向高雄的家，好像有點懂得那種輸不起的感覺是如何在心裡膨脹，支撐著我們不致跌落下來。

～

來到臺北好幾年，在這個城市，我沒有家。

一開始真的是為工作忙碌，後來在股市大跌和歷經亞洲金融風暴之後，我忠貞死守五年的設計公司毫無徵兆可尋的宣告倒閉了。其實說它惡意遺棄這些篳路襤褸的員工，極端不厚道，畢竟它只是連中小企業都稱不上的傢俱設計公司，但它從來不延付員工薪資與三節獎金，並且這麼努力撐過五年不景氣。

年輕的老闆白手起家一邊畫設計圖還兼做業務，即使我設計出成本過高、實用性不強的傢俱，他的眉頭從來也不皺一下，還頻頻搖頭晃腦說：「幹，這個造型真是勁爆，比起總統府的陽性象徵還屌——只可惜不能量產。」

「那麼，我們就來個限量發行，大家一定搶破頭對吧？」受到誇讚的我，馬上慫恿老闆開模來拚一下。

老闆拍拍我肩膀，吐出一個煙圈，笑著說：「好啊，限量兩個，我們專用就好。」

我可能是唯一被裁員還會不時緬懷老闆的人。現在終於可以停下腳步檢視過往，才發現其實自己改變得並不多。我似乎不曾為了金錢或權柄去出賣過一貫的堅持，反而是這個城市馬不停蹄的往前奔馳，它變化的速度讓我窮盡一生也追不上。

彷彿在不注意的某個縫隙，我的人生就再也不是自己所能掌握的了。

曾經是工作上極具默契的搭檔，朋友口中的金童玉女，我和女友同時都被工作所遺棄，轉眼間皆成無業遊民。還有穩定工作的當時，女友便常有意無意挑著我的痛處：「你以為理想可以當飯吃嗎？有些事，有理，不一定可以夢想，到頭來還不是一場空。」

她說得沒錯，目前果真落得一場空。但我們沒有時間去怨懟與憤恨經濟不景氣或企業的投資方向失誤，只能上１０４或１１１１網站送履歷，每天上網查看信箱是否有面試機會。剛開始，還會挑揀符合理想和所得平衡的工作，充滿無窮無盡的夢想衝刺，到了最後，卻連挑剔的權利都被剝奪了。

女友兼上便利商店店員和披薩店外送，我除了工地捆工，連名片設計和小屁孩的畢業紀念冊都接回來做，只能，有什麼做什麼，我們漸漸為了繳不完的水電瓦斯電話費付不出的房貸，放下尊嚴丟掉堅持，什麼臨時性的工作我們都勉力而為。

就在女友外送披薩時，她的小綿羊氣急敗壞在某個路口親吻了路中央的大窟窿，誰會想到僅僅是為了溫飽，失去了許多珍貴的東西，包括我們的孩子。我在工地大樓綁鋼筋時接到她打來的電話，高樓上的強風吹得我站不住腳，僅僅能做的是輕聲安慰著她，除了要她別哭，我不知道還能說什麼。

趕工中的建案已延遲，工頭說什麼也不讓我先走，他狠咧咧的說：「較教就學袂曉，代誌做完卡轉去——」

我的淚被風吹掠著往腳下的城市飄飛，孩子，你知道我一向很勇敢的，雖然我還沒學會該怎麼當爸爸。這不近人情的地方，如果你還沒準備好，離開也好。我將想像中的你的樣子，那可愛的容顏細細紮綁在城市某一幢建築的骨骼中，還有爸爸和媽媽來不及給你的第一個吻全部都收藏在這裡。

以後，當我們想你的時候，還可以站在高處呼喚你……

～

當人事困乏之際，我格外會懷念年輕時的懵懂單純，在許多責任與義務尚未發酵的時候。

高中時代的我，經常在乾燥而飄泛著海風的港都大城騎單車瞎逛，毒辣的陽光經常是不由分說的鑽進皮膚，整個青春歲月蘸滿黝黑的氣味。就算是漫無目的在數目字所組成的幾條街道兜圈子，單車上的我，彷如將要長出羽翼。T恤濡濕黏貼在身體，連續騎了三小時，覺得肋骨微微疼痛，胸腔似要炸開，毋需任何導覽，一不小心便飄晃到海邊，空氣被均勻潑灑了鹹鹹的味道。

青澀的初戀背景是遠洋貨輪、海港邊大型的起重機，畫面則運鏡至過港隧道的沙洲海面停格。

高三下學期我剛拿到機車駕照，有過整整七天，每晚不厭其煩穿過海的底層，初戀的女孩在亮晃晃的海底隧道一定會緊緊摟著我，轉進隧道的兩人，聽見海浪翻飛撲打著消波塊的聲響，轟轟轟轟。我和女孩只能交換彼此的體溫來安慰那龐大且不知所云的孤寂。海的聲音專注而唯一的填滿整個空間，不容我們言語。連接大城與沙洲的隧道十分冗長，爛摩托車載著我的慘綠少年一路向前飛奔著。

現在的我，已經很難得回去第二故鄉，當時愛得難分難捨的女孩也嫁作人婦，屬於原鄉的記憶，早已沖刷殆盡。僅存老爸偶爾在耳邊唸叨：「再怎麼說，鄉下還有一小塊房地，如果臺北的日子不好過，別怕丟臉，就回來吧。我們一起回屏東鄉下，你不是說喜歡那個民宿嗎？就給它蓋民宿。兒子，別怕，好歹還有一塊地。」

每個孩子長大後，不免想出去闖蕩一番，體會一個人開天闢地的感覺，何況我們家又潛藏著反骨基因。我的父母始終不曾輕言放棄在都市掙得存在之地，我再怎麼不爭氣，又豈能動不動就要回家吃老本，更何況這塊地是老爸的命啊。

童年記憶，雖然混沌，但我永遠記得離鄉前一天，那個黃昏，老爸把我扛在肩上，走出老家的三合院古厝，穿過彎曲的鄉間小路，走向村外河堤。我們重疊的身影，複印在大埕的水泥地，迤邐走過田邊產業道路，我是指揮艇，彷彿無敵鐵金剛合體，在老爸頭上，我的眼睛看到河堤，好長好長，沒有盡頭。

嗅著帶著青草氣息的空氣，我們站在河堤旁那塊地，濕軟的田埂上，他說：「兒子，有一天，我們會回來，我們會在這塊地上蓋房子，然後，再把另一塊地買回來。」

接下來我聽到老爸嗚咽著擤鼻涕的聲音。後來的後來，我才明瞭，男人的悲傷經常極端壓抑，像倔強的發條不停旋轉旋轉，直至喀啦喀啦的機械疲乏襲來，他才恍然明白自己的犧牲並不足以拯救全世界。

老爸的勇氣大概在離鄉背井時全數揮霍一空，爾後除了幾個伯父的子女嫁娶的喜宴場合，蜻蜓點水的匆匆露面外，他再也不敢到村外河邊去憑弔自己的田地了。當然我也不曾告訴老爸，有一回校外聯誼去到了故鄉附近的風景區烤肉，騎著野狼便順路繞進曾是自家的地，那裡居然變成發臭的魚塭，不只種不出東西連魚都養不活。而我們僅存的另一塊房地，被居住在旁的親戚用幾片破敗的木板胡亂搭起的棚架，放養著一群豬仔。

「幹。」如此光景，連我都不想再多看一眼。

我假裝若無其事的回到營地，美麗的女同學遞過來香氣四溢的雞翅膀，問我到哪兒去了？所有壓抑的情緒在離開魚塭和豬棚時也全面失控，待我發現自己居然哽咽的說不出話來，便怪裡怪氣的責備她們不會生火，弄得我嗆鼻。

～

唉。

總是要先立業才會有成家的膽識，這是我和老爸那個時代迥然不同的人生。似乎他們一直在等待著這不成材的兒子，突然就帶著臀部圓潤的女孩回家，很屌的邊看電視邊說：「啊，對了，我們結婚了。而且連孩子我都準備好了。」然後老爸和老媽會睜著老眼，那表情有些感動有些高興，彷彿在說：「兒子咧，我們總算等到這一天了。」

如果兩老知曉，他們千求萬盼的金孫早被這不肖兒子在北方大城搞掉了，不知會不會氣得和我斷絕關係。

大學畢業後，再也不忍讓老爸拖著年邁的身體去打零工，更別說花老媽守著小雜貨店一斤雞蛋一瓶醬油的碎錢來唸研究所。其實我根本不是唸書的料，大學讀得七零八落，大部分時間都忙著打工兼家教，否則每個學期的註冊費哪有著落，還不得不騙我那鮮少出外的父母說：「安啦，你兒子優秀，都嘛是拿獎學金。」

留在高雄的日子彷彿是綿長無期，只要形單影隻四處亂晃，我那可愛的老父母馬上就唆使媒人與鄰居來為我配種。說配種真是一點也不誇張，通常他們不會給你任何辯駁的機會，我覺得整個人已經快被支解掏空。尤其每次被父母逼去參加喜宴順便物色對象兼相親時，那些八竿子沾不上邊的遠親及陌生臉孔，實在令我感到極端彆扭。且不論常以評鑑某種稀有物的眼神上下打量著我，老父老母還會像購物臺主持人推薦產品般的自誇自擂。

後來才懂得，喜宴所必要出現的人頭，不過是種一網打盡類似直銷商鞏固上下線的作法，如果你知道有人在廣撒紅白帖時的參考教材，是由小學至大學的同學錄加上幾個混過的公司數十名同事名單，以及親友們輾轉流傳的禮金奠儀簿，就不難了解個人資料直接被販賣與不斷轉載的悲傷。

關於這些資料，想必老爸和老媽早已拾掇妥當，只有我還沒有準備好說出求婚老哏：「我願意，我真的願意，讓我成為妳的家人，照顧妳一輩子吧。」

老爸說可能是變賣家產得罪了歷代祖先，離開故鄉後這香火也將被斷絕。對於我是獨生子這個事實，不只一次，老爸神色低落述說他兄弟們枝繁葉茂的家族，而他孤寂在外打拚，有時想想又能怨誰，還好有妻兒守候的家，再怎麼破爛，總是一個慰藉。

但我連自己都養活不了、淡得出鳥的日子，還有什麼資格養活另一個人和一個家呢？只能乾領失業補助金的我，居然最怕的是在信箱中發現翩然而降的紅色請帖，不由得我的眼已迷濛，心也隨之隱隱作痛起來。

～

屋頂。陽臺。隔音窗。騎樓。中庭花園。停車位。噴水池……望著公園對面正在興建的高樓吊車的機械手臂在空中旋繞，優美的轉身像在舞池中滑步。

誰買得起這樣的房子呢？

每天坐在社區的小公園，看完不知是誰隨手亂扔的報紙後，總會下意識看一眼對面工地的巨幅廣告，寫著「自備一百四十九萬起買景觀中庭大三房」的文案分明想挑起族群分裂。把我整個人賣了，也買不起它半坪大的廁所，我挖完鼻孔，彈出一顆黝黑的鼻屎，很痛快。

今天不像夏天的味道，早晨的空氣涼涼的，我將一整卷報紙丟進垃圾箱裡。

唉。從早上到現在，我似乎一直在嘆氣和丟東西。報上的新聞和昨天差不多，景氣還在黃藍燈，股市又守不住九千點，政黨還是亂鬥一通，昨天的昨天也沒什麼兩樣。再找不到合適的工作，最後可能只好乖乖回家去繼承我老爸在國宅中的小雜貨店，起碼這樣餓不死。

這期間我也想過，最差的情況，大不了拍拍屁股回高雄。但這念頭根本連想都不要想，留在臺北的生活意願開始搖擺，如同提前支付的負債型小額貸款，某種可意識的無形力量正一步步追索我所曾經擁有的美好時光。

因此我付出失業六個月在市區東飄西蕩，反覆投履歷等待面試，不斷吞嚥期待與落空，有如自由落體折磨身心，總是換來這樣的答案：「先生，你的年紀不是我們需要的範圍，不好意思。」「呃，先生，對不起。已經找到人了。」「啊！那個先生，這個徵工友，要先來比賽揹沙包，你怎麼穿西裝來？」

不斷的累積抱歉和對不起一百次，可不可以換取一個付得出房租的工作？幹，我自覺這樣的要求並不過分呀。就因為我失去了工作，連帶的，我就必須失去我的第一個孩子和第一個家。

那個向銀行舉債，每月需繳納兩萬多元貸款的家，沒趕得上新任總統上臺時為帶動低迷的房市而提撥的三千五百億優惠房貸。那個日付九百五十元起買兩房兩廳的廣告根本就是個遙不可及的夢想，它騙去了我的自備款和青春，即使趕上了續撥的兩千億房貸，沒有工作，一切仍是一場空。

女友在這城市失去了她成為母親的第一個機會，她便絕口不再向我逼婚，也不再賢淑的打點家務。也不能苛責她的性格為之丕變，她不只一次冷靜的對我說：「誰知道這世界下一秒鐘還會發生什麼事？就像這孩子選擇不要我們，那是不是也代表著我們也還沒有準備好。結不結婚，也不是那麼重要，兩個人還在一起，這才實在吧。」

她淡漠的語調，不讓我聽不出一絲悲傷。那無緣的孩子，在先天母體不良後天環境失調的情況下夭折。這使我想起一度擁有的家，從它還是一塊高樓環伺的畸零地開始，我便小心翼翼的呵護它，日日夜夜和女友挽著手，用我們堅貞的愛情灌溉它。可是它才初初成形的骨架，到底是誰這麼狠心，凌空伸出手指輕輕搖晃，它便灰飛煙滅。

那付不出房貸的家，如今已成為銀行拍賣清冊上的法拍屋了吧。

我發覺自己和島嶼南方的老爸幾乎殊途同歸的命運，已毫無勇氣再經過曾經存在於「城市中的家」，寧可大費周章繞路行過。

～

在早晨的城市巡狩，是很愜意，如果沒有雨，天空泛著透明的藍，那真是理想中的天氣。以前透過辦公室的窗往外望時，我常會被這樣的天空所鼓譟。

「可惡，這種好天氣，我卻在上班，應該去郊遊才對。」

如今每天都在郊遊，只有我不必急著上班，從捷運站經過時，有點羨慕的看著小跑步趕車的人。

上班，下班。捷運系統猶如一長串無法兌現的謊言，車次依約停靠，忠實的履行每一日承諾。我走進捷運站，穿越它的身體，從1號出口走到2號出口，這是個很小的捷運站，我經常利用它快速到達街道的另一頭。

今天昨天前天，其實失業的這幾個月我都會固定到這間小書店。中年的老闆腆著啤酒肚坐在窄小的櫃檯，將及肩短髮染成深棕色的女孩正低頭翻閱總裁系列小說。我走到居家布置那一格，抽出昨天還沒看完的那本《一百五十個出奇制勝的創意空間演出》，翻開〈輕鬆SMART的收納術〉那一章，繼續往下看。

曾不只一次在腦海中勾勒那屬於自己的家，我將要如何裝扮它。

為體態嬌小的妻量身訂做的開放式廚房，放著可調式的旋轉椅，有吸塵消音橡膠發泡襯墊的胡桃木地板。還有一種特殊天然材料所繪製而成的夜空，白日看不出漆畫的痕跡，夜晚熄燈後就在天花板上綻放出滿天星斗，一開燈，屬於我家獨特的幸福氣味，將我包圍。

彷彿一個遙不可及的夢，每翻開一頁，都在嘲笑我的天真。

對家的渴望，是和女友的同居關係開始，始終未曾順利避孕的她，在一起五年後終於懷上孩子。我想像中的家，即將壯大，加入新成員，彷彿穩固的金字塔，我得讓這個家禁得起時間考驗。

一直以為只要男人的臂膀足夠圈住女人，為她擋住所有即將發生或已經發生的事，足以使一個家的需求不虞匱乏，種種責任和承擔只要兩個人在一起，似乎什麼都不再懼怕。待我們傾盡這幾年所有，以餵養房子為第一優先，在幾個工作輾轉，即使尚未交屋，總算有了自己的家。以為此後再也不必把牆上的DIY書櫃以及所有的電腦配備一次次的拆除組裝、組裝拆除。還有，再也不必承受每年租約到期，房東就藉機調漲房租，逼迫我們如寄居蟹般尋求下一個棲身的殼，而且得拖上一兩千本的書。

沒想到，屬於父母輾轉搬遷的租賃時期於焉終止，屬於我的蝸牛夢魘又反覆回來了。畢竟要覓得良好的居家環境並不容易，連續搬遷四次之後，我總戀戀不捨遙望曾生存過的空間化身為代書事務所、網咖，有次更離譜，變身為泰式指壓按摩店了。

以為，再也不必，再也不必……孩子來不及來到這個城市，再也不必看見父母的狼狽。這竟是唯一的幸運。

公司倒閉我隨即失業，付不出房貸，只差沒宣布破產。像大富翁遊戲，工作置產，一步一步面對機會與命運，頃刻，又回到遊戲起點。

~

現在的我們住在公寓頂樓加蓋的鐵皮屋，彷彿是寄生蟹般的城市毒瘤，負累似的盤踞於樓房的頂端。

頂樓的水壓不穩致使馬桶老鬧脾氣，還有一群老鼠如入無人之境徹夜狂歡。雖然最終無從選擇，只住得起這樣房子，有時仍難免有種錯覺，讓我想起夢境中的自己，狂悲狂喜，陌生猥瑣的嘴臉，似乎穿透虛擬時空，站在纏繞著第四臺訊號線的露臺向我冷笑。

陽光燒烤鐵皮的高溫，時常使我的思考不由自主的飄浮。但夏日午後若是飆來一陣雷雨，那唰唰翻飛的聲響又像極了西子灣海浪拍岸叫囂的模樣，不免跌入記憶的深井。

只要一想起南方大城，忍不住要點起一支菸來吞吐心底的憂傷。

有兩年不曾回去那算是第二故鄉的地方。真不敢相信青少年與初戀回憶都收藏在那吹著海風的城市。童年的我，曾在春季旅行的港都大城上演迷路鬧劇。那時南部唯一有手扶梯的十層樓百貨公司，成了許多鄉巴佬朝聖必到的景點。那時我心想，大城市果然和鄉下那個鳥地方不一樣，什麼都大，房子、車子、連樓梯都比鄉下作醮時乩童爬的刀梯還高聳壯觀，自動行進的樓梯看不到盡頭似的究竟要通到哪裡？

然後，我居然在讚嘆中張著嘴走出百貨公司，離開了同學和老師，在繁華街道迷失方向。小小的我，心好慌，不知如何是好。周遭人來車往魚貫而行，只記得自己故作鎮定的往前一直往前走，未知的景物，陌生街名，車潮人群像與他人有約，急遽穿過身旁。

由地面轉入地底，同樣情景在臺北捷運通行後，迷路戲碼又重複上演，在四通八達的臺北車站，連續迷失方向四次，其中間隔不超過半個月，恍惚恍神，忘卻即將前往的方向，有如夢境。列車到站離站的鳴笛聲於地底空間撒野，佇立原處的我，彷彿遇見了童年的影子。

捷運嘈雜人聲好似吸水海綿，將可駐足的空間逐漸壓縮，倔強的我一如童年，覺得好像有什麼東西就要湧上胸口卻仍不肯呼救。現在想起來了，大概放逐荒島也不過如此，而這島，卻擁擠著冷漠人群。

只有一個人，過往的經歷、知識、人際關係、貧富差距、政治立場都變得毫無意義。那不是很好嗎？不過，現實的是，我並不是一個人。老邁雙親還殷殷期盼唯一的兒子開枝散葉，讓這個家不再單薄飄搖。

唉。

～

從書店走出時，整座城市死寂一片。

我驚愕立於原地，思索自己是否錯過了什麼。末日？飛快閃過的字眼，卻不見殺戮血光。

夏日陽光歷歷，空氣浮動，我的呼吸如常，但世界是怎麼了？也不知會一聲，擅自決定至遠方旅行那樣，只剩下空盪盪的房子，又像一群野孩子闖了大禍，張皇失措逃離現場，連屋裡的擺置、心愛玩具，都來不及帶走。蒙塵的行道樹，百貨公司折扣的紅綠旗幟依舊擺晃。

發現對街零星人影，如同家族合照僵直的人物姿態，面孔卻模糊難辨。我翻開皮夾裡護貝的兩張小照片，父母的女友的，特意按照皮夾可收放的比例沖洗的照片，原本簇新的膠膜過了兩年，已浮上淡淡霧白的光澤。我不知這時看照片意謂什麼，但就是想確定什麼，感覺很重要。

舉步遲疑，交通訊號停擺傳遞的欲望，柏油路的線條開始蒸融舞蹈，靠在騎樓柱下的我，彷彿支撐著一整座城市。足踝開始感到隱約的疼，痛楚一絲絲鑽上腰際。

照片中女友側著頭靠在我身邊淺淺微笑，以為隨身照片很快會再加入新成員，家的雛形越趨完整，但希望落空了，經過五年，我還是那個孑然一身的傢伙。

我和他，站在一起，在不屬於我們的城市，徬徨的遠眺林立高樓。

街道盡頭，是個轉角，接著一定會出現十字路口，這條路我再熟悉不過了。決定先盡全力走到那裡，直覺要我相信，只要走到轉角，就會為落單得到解答。

嗚……嗚……短促尖銳的汽笛聲，呼嘯凌空，這是城市宣布癱瘓的最後預警嗎？

人車都被限制行為能力，繳械的城市，在不確定下一刻會發生什麼的城市裡行走，即使是防空演習，我也錯失了訊息。不能怪我不看電視不聽廣播，很多人和我同樣得過且過的活著，我只關心各大就業網站的求職資訊，還有勞工局舉辦的就業嘉年華，平時哪裡有免費試吃活動或大胃王比賽就去混個一兩餐。甚至，我開始研究陳情書該怎麼寫？還有串連幾個失業一族的難兄難弟一塊兒去哪個機關靜坐抗議。

「喂，先生，正在演習，不能在人行道逗留，你找個店進去一下。」

唰——剛好有人拉開鐵捲門，探出一張彩妝過度的臉。「喂，演習還沒結束啊？生意怎麼做啦？」

是家名牌精品店。「喂，小伙子，被警察罵了喔。還在演習咧！要不要進來？」店員阿姨感覺心地美善。

「欸。」我生硬應了應。有人收容我的無助與孤單，冰冷的城市鬧街，罕見的人味兒，反而令人有些尷尬。

隨她進了店門，一陣濃郁的香味撲面襲來。我下意識抓起一件時尚polo衫往身上比劃，但深層意識卻浮出窒息感。我發現落地鏡裡的自己面目可憎，一點不假，腦海正一片空白，甚至不知手腳和身體是否已協調好，站在這不屬於我的空間，老闆該不會以為，我有這般消費力吧。

店內流瀉抒情的男聲，不為所動地一句一句，賣力宣誓著愛情的忠貞。那頭的一件式洋裝櫃位，忙碌撥翻衣物的幾雙手，不由因旋律而靜止。不知為何，我心裡緩緩燥熱起來，明明這歌是不相干人等的感情，我的情緒卻輕易地被陌生意境所撩撥。

我想演習應該就要終了，這裡並非長久駐足的處所，假若倚在牆面上的是一本本充實飽滿的書，我的心將不致如此忐忑。或者，進入一間無法預期將會帶來愉悅或不耐的店，與我想要在城市中尋找一個家，那是不能過於期待，兩者存在同樣的風險。

「滴滴町町滴滴滴。」服飾店裡兩三個女人都忙著在提袋裡撈出手機。喂喂幾聲，兩個人尷尬收起電話，露出沒發生過這回事的神情，繼續看衣服。學生打扮的女孩子吃吃笑著斜睨接到電話的人，我突然很感慨自己無法移動的悲傷，還好這不是我的家，我的鄰人張著耳和窺探的心正在蒐羅那事不關己的他人隱私啊。

那女子手機上的Kitty貓、丸子三兄弟吊飾狂舞得厲害，被關在鐵捲門裡的陌生人都得聽她和男友隔著海峽開罵。我一點也不想知道她祖宗八代的底細，可她就有本事一面若無其事挑衣服，一面口沫橫飛叫罵，然後抱著一堆GUCCI本季名品，掏出金卡往桌上一扔，嘴裡還是沒有停止抱怨。站在我身旁，拿著竹編提把的香奈兒皮包，看了快半小時的女人挑著眉欺過來說：「我看，她一定是被包養的。」

寂寞是，這個時間不必上班在外閒逛的女子。寂寞也是，已經失業半年的三十歲男子。在這貧富不均男女不分的社會，如果有人願意包養我，我真的願意，剛剛那一堆華麗精品，足夠我生活大半年。

城市步行指南是有錢有閒加上金飯碗。演習結束，臆想也畫上句點。與我擦身而過的銀行女職員，穿著剪裁合宜的制服，搖擺之間透散著幽雅香氣，這氣味讓我想起正在便利商店工作的女友，她身上也有如此好聞的味道。

我們的感情並不因她的男人失業而變質，也不因我無法承諾一個家而變質。在這城市，我們像一對辛苦築巢的燕子，從不離棄對方，到哪裡都彼此依偎。

我們失去的和擁有的，如果放在天秤上度量，大概差不多，差不多是剛來到臺北的一無所有的我們。

我想，我們很快地就能再建立起一個家。

落映在對街超高樓層的夕陽的顏色，暈染著淡淡金黃，投影於玻璃帷幕的建築體上。每一天，如果以等待時間的方式緩慢度過，過完一天，緊接著就要期待明天。我，還能想像未來。

一天過去了，騎樓樑上的燕子，瑟縮身子靠在即將完成的巢裡，我突然想起，我那未曾謀面的孩子。

爸爸想告訴你，我們很安全呢。

城市中所有的泥土皆密實覆蓋於瀝青之下，它們雖喪失了隨意呼吸的機會，但得到與雨水交融奔流的險境。有堵車與噪音的共鳴配樂，閒暇時可細數城市脊背上劃開的傷口及縫補痕跡，欣賞捷運車廂在空中舞蹈地底呼嘯。

以父之名，首都之城的領袖還允諾每一棟建築每一樓層，水泥鋼骨木造違章或地下道公園座椅上的遊民，肢體顏面傷殘貌美英俊醜陋邪惡的居民，享有無障礙生活空間的幻想機制。

歷屆市長總是竭盡心力取悅著我們的下一代，他知道我們疼愛孩子更甚於自己。於是陪他們玩跳舞機、扮超人和素還真，為新人證婚總要宣誓老婆永遠不會錯，如果有錯也是自己看錯做錯，並堅信自己所治理的城市，除了愛與希望，所有的市民皆具有麻木的思考和勇氣。我們是很幸福的國際都市子民呢。

〜

爸爸想告訴你，即使這個城市已滿布瀝青和瘴癘，我可能再也回不去原生的土地。

我相信只要自己不離開這裡，一切總會有轉機。因為，我已厭倦從這個城市漂流至另一個城市。如果我是一棵植物，也會努力在這兒生根。

這城市迫使我依賴它，一天，又一天。

無殼蝸牛——〈漂流城市〉（二〇〇二年吳濁流文藝獎小說佳作）

後記

翻開內裡，還能看見什麼

那麼，就從書名展開吧。

為何叫「看人臉色」？本來只是其中一篇，但總編輯一眼瞬間認為作為書名再合適不過。我立即腹黑的在心中畫叉，天哪，真是糟糕的書名，用這書名肯定一路不順到底。關於這個，個人有點小迷信，我相信第六感。

接下來，果然電腦猛當，修稿修三次還想無止盡修下去，成書這半年小病不斷，最後還找不到人寫序或有空寫序。十足讓我反省自己的確是個難相處的人，只是一直躲在虛構的平行世界，不清楚這毛病究竟有多麼嚴重。

一念三千後，書名，不過是自家小孩渾號，好生好養最為重要，接著，來看看這孩子的筋肉骨架是否強健，看看，翻開內裡，還能看見什麼……像是撕掉小說家本人的標籤，直探海馬迴。

一直以來，非常熱愛閱讀作家自敘「小說是怎麼生成」、「如何鍛鍊成小說家」、「小說家的日常生活」這類隨筆，我想試著整理七篇小說的取材筆記，做為一個寫作者與讀者說些悄悄話，或是搏感情的私密告解。

~

〈饑餓〉

一開始想寫，是紙箱。

經常收到來自南方的禮物，巨大包裹連社區警衛都羨慕，有時卻讓人困擾。若是家裡男人不在，碩大紙箱搬不動，人丁稀少的小家庭，收到餽贈，得趁新鮮食之，得盡速聯絡左近親友，整晚提著分送，嗡嗡嗡，喔不，不是蜜蜂，唏噓唏噓，是格林童話裡顧著享樂的螽斯。平日躲在洞穴，不喜與人過多接觸，一收到紙箱，必得逐一連繫對方在家時間，方不方便幫忙分食，遞送方式又是如何……一連串確定與不確定。

通常親友收到物品，回贈一些蔬果雜糧，紙箱，又成為需要分解成細小單位，有如種籽散播遠方的媒介。這幾年，換成經營水果行的二舅寄來紙箱，通常是四時節氣的果實。媽媽較常寄來衣物與補品，這幾年慢慢遞減，想是已屆七旬的母親，再也扛不動紙箱綁在機車後座，載去貨運行交寄。想像紙箱輾轉遞送，一再讀取的卻是粗疏問候母親的畫面。

隨口問媽媽，最近都是二舅寄來，反而少收到她給我的禮物，她閒淡笑說，「伊欲寄，妳就安心吃，伊現在每天弄孫，也沒什麼代誌倘做啦。」

寫完這篇小說後，才發覺，經過這些年，饑餓的人，不再是我了。

〈消蝕〉

我本質上就是個阿宅。

經常拒絕好友邀約，刻意盡量減少出門次數，這與星座是戀家巨蟹無關，而是人際應對讓我疲累。下午茶或一頓餐食，等於整日無創作進度，回家後只想休息，根本無法重拾寫作心性。另一方面，我深信磁場感應，一出門彷彿氣都汙濁，又得重新練過。每天窩在家，不只策略聯盟打遊戲，追劇逛網拍，仍須追求推進WORD字數統計。唯有乖乖坐在筆電前面，伸出雙手，指尖點點，方能心安理得，覺得自己總算沒有浪費時間。

不過，實際上，我這阿宅並無老可啃，上有老下有小，身為夾心，腹背受敵的哀愁不斷湧現。這題材，還在長大，日後還想深化成長篇，總覺得只寫出某個切面。

〈看人臉色〉

其實我每天不摸一下臉書便覺得渾身不對勁，以實驗性而言，用臉書形式去推進一篇小說，居然能完成心中所想，現在想起來，還是很奇妙。

原本習慣使用部落格或噗浪（Plurk），這兩種頁面不太可能化成小說架構。開始玩臉書後，動態貼文和高互動性設計，猶如影片膠卷鋪展，讓我對幾位特定臉友鉅細靡遺記錄日常異常感興趣，他們是退休族和小資族，鎖定搶先看與深入觀察後，自己彷彿是他們家的一分子，一起憂煩起伏物價，一起早安午安晚安三餐貼照，簡直比真實人生的我本人更熱愛生活了。虛擬世界，何謂真，何謂假，屬於人的本質終究是希望被看見，或是隱藏於文字和照片之後的潛臺詞，迂迴的希望看見如同看不見呢？這題材最有意思的是不確定性，會自體繁衍成不可控的模樣，臉書如人生，小說無從大書，我僅是寫出看人臉色的皮毛。

〈對窗〉

我對「遺棄」這主題異常著迷。或者可說，行至中年的我，沒有解開這個謎，必將虛度半生。寫作有時是執念，孜孜矻矻往唯一標的前進，不論山高水深，就為了遮蔽的風景。如果沒有一點瘋魔習性，可能連自己的故事都寫不完。

這篇小說只有四千字。字數限制，讓我必須丟掉很多習以為常的東西，譬如將原始想寫的主題隱藏在副線後面，專注處理兒子被母親丟棄這件事，鋪陳情節時再將主角的愛情一起攜帶，直至他終於看見自己戀慕的不過是投影，不是真實的愛。

寫完這篇，我初次感覺靠近了陰影核心。初次抵達恐懼的空間時，還可以穩穩的站在那個窗口，看著空無一人的地方。然後，走回這個世界，繼續生活。

〈躲藏〉

其實並不是要寫貓咪，而是小女孩，還有藏匿的空間。好像寫著寫著，那個時空具體長出了血肉，將個性陰鬱的小女孩，孤僻瘦小的身軀，層層包裹起來。桌下的時間看似靜止，不知經過多久，小女孩的形象被緩慢分解，她開始塗抹修容霜和粉餅，撲胭紅，刷上睫毛膏和眼影，穿上高跟鞋，走出了桌子底下。彷彿，必須再度切斷臍帶，再誕生一次，這才是我真正想說的故事。

〈單身套房〉

寫完這篇小說，一直想起馬奎斯《愛在瘟疫蔓延時》的開頭：「這是不可避免的：苦杏仁的味道總是讓他想起註定沒有回報的愛情。」

小說裡，那棟與建中的房子不是重點，單親媽媽日以繼夜透過窗，觀察隔壁工地，房子不斷長大，她的恐懼也跟著長大，未來，她需要對抗的不只是一棟忽然冒出的樓房。

寫這篇小說時，我家旁邊也蓋了一棟房子。

說是一棟房子，不太精準，應該是個小型社區，有三棟，小社區蓋了很久，大約兩年。每天，我端著煮好的咖啡，站在窗前，看著這房子怪獸一般擴張，吞掉天空，遠山，整扇窗，最後只剩一種顏色，灰。

這怪獸吞掉了十幾年來我從這個家遠眺的所有風景。或者，我要對抗的東西也不只是隔壁這棟房子。

〈漂流城市〉

這篇小說是最早寫好的作品，或者可說，因為寫了無殼蝸牛才有其他七篇小說的存在。

通常朋友知道我寫小說，必會有意無意說：「其實，你可以寫寫我的故事。」所以這篇小說充滿了聽來的事，但寫完後並不覺得那只是朋友的故事。

在我從事編輯工作那幾年，身邊的朋友不約而同分成兩種，買不起房子的窮鬼和揹負二十年房貸硬是要買房成家的傻蛋。那幾年，我總覺得身而為人要求個容身之地如此艱難，這人生未免太苦痛。

等我也成為揹房貸的人，才發現沒有殼並非人生最痛，最痛的是徒留外殼卻失去最想守護的人。時間總會為當時迷惘的事找到解答吧。

～

隨著小說集逐漸成型，不得不佩服總編的遠見，「看人臉色」成為一個軸承，將七篇小說輕巧的連綴起來，如同萬花筒裡的碎片，轉一轉，隨即看見某個切面折射的靜態風景。

不是刻意躲藏，不是放棄自己，這個島嶼的他族你族我族，有如蜂巢裡鎮日忙碌的蜜蜂，窩在擁擠空間，舔食自身空洞，也和相同孤單的靈魂彼此取暖。減肥的女孩，啃老的宅男，帶著女兒的單親馬麻，沉迷臉書的小資女，不斷妄想離家不復返的母親歸來，將寵物當成家人的瑜伽女孩……

在任何時間，打開這本小說，輕輕撕開標籤，都能看見他們心中那張臉，他們的故事。

那麼，屬於我的這張臉，又是怎樣的故事呢？

這本小說集的完成，倘若不是前幾年去唸碩士班，我可能還在找盡藉口拖延寫小說這件事，倘若不是金倫總編和逸華的協助，一直關注進度，我可能還在無止盡修改醞釀。此外，為此書撰文推薦的作家好友們，感謝您們為這本小說的面容增添光彩，這樣的寬厚美意將永遠銘記在心。

做為一個懶惰的寫作者，將近二十年，出版了十餘本著作，這卻只是我的第二本小說集，或者，我總是將寫小說這件事，放在過於重要的位置，遲遲不想讓自己陷入那個無法自拔的情境。

過於耽溺現實而不想進入小說中的我，是創作上的盲點，那也是一種標籤，需要除魅，而小說該怎麼寫，為誰而寫的盲點，在下一本小說中，但願我能看見。

二〇一六年三月春雷乍響於中和

附錄

小說，你我他的寫生之道

——凌明玉專訪

陳栢青

Q：你身為作家出道甚早，我覺得不簡單的是，你不只站在創作的第一線上，維持穩定的創作量，也一直站在時代的最前沿，有在update，《看人臉色》中撩人眼目是科技生活前沿，臉書、line、聊天室輪番登場，熱播新聞、或正當「潮」的健身、直銷都入文，能捕捉流行之浮光掠影，也能走進城市生活最裡層，請問你怎麼收集素材？對你而言，生活和寫作的關係是什麼呢？當前輩作家說「城市無故事」、「城市無傳奇」，你如何解讀這些話並做出回應？

A：不只身為創作者要update，人活著，絕不能失格對吧XD。說真的，不寫作的時候，我超愛追劇和看ＤＶＤ，每天平均看一小時新聞，每週看三四部電影，還有日劇韓劇大陸劇和ＢＢＣ，前陣子還同時追五部劇。不看螢幕時都在看小說，通常喜歡一位作家就會將他全部著作找來看完。腦子很擁擠，可能塞進很多垃圾，也恰好過濾了一些能用的細節，我常說，我的小說人物有個衣帽間，不見得有用，需要穿戴得人模人樣，推出來總能上得了檯面吧（笑）。

生活與寫作，可能是我並未將兩者劃分得很清楚，如果不認真生活，可能就是駱以軍所說的經驗匱乏之者，認真指的是，深入理解生活在每個人（包括我）身上如何發酵，文化或哲學什麼都可以，如何讓一個人的行為產生變異，這是我很感興趣的觀察。

談到「城市無故事」、「城市無傳奇」，讓我想到《我是傳奇》和《浩劫重生》這兩部電影，一個人獨活，在廢墟和孤島行走，孤寂的身影如何緊緊扣住觀眾的眼睛，期待他翻轉命運。一個作家的天賦，不就是在尋常事物中指認不尋常之處，試圖說出動人的故事。But，人生有時很乏味，連尋常事物也坦率的尋常，真的寫不出來，我覺得也沒關係。這種無奈的時候，我就會看看《新世紀福爾摩斯》，雖然華生的部落格仍然大受歡迎，夏洛克的部落格只會寫一百二十種菸草種類，他們試圖在這個世紀活出自己的姿態，總是讓我非常感動。

Q：臉書族、啃老族、減肥族、單親族……你在《看人臉色》中嘗試以「族」為各篇小說定義，譜成一篇篇人類學，為人物寫生／身，其實精準臨摹出現代城市生活光怪陸離切面，是為現代生活素描了。這一系列背後以「群」、「族」為名的概念是有計畫的書寫嗎？為什麼以「族」的概念為發想？

A：《看人臉色》剛開始只有兩篇成型，〈對窗〉和〈漂流城市〉，後來的確慢慢衍生為有計畫的書寫，因這個主題，我寫了企畫案並以「非我族類」為名申請國藝會文學創作補助。這兩年，陸續完成五篇短篇，於是有了這本小說集。同時為了碩士班畢業創作，還有一本十五萬字的長篇，有時真不清楚是我寫了小說，抑或是小說在寫我，既虛構又真實，但這些如假包換都是生活的痕跡。

這本小說中的族或群，簡而言之，只是傳媒定義的稱謂。人的質地有多面向，擁有相同文化背景的人群，雖說行動、作息，乃至慣用語言相似，但不論臉書族、啃老族、減肥族、單親族……絕不可能概括而論。族群是藉由他者的比較而產生。我在這本小說中所作的嘗試，即是在族群與他者的縫隙中，發現相同的文化脈絡，譬如族或群，以及他者，這三大區塊共通之處在於只要是人，就有不可抹滅的家族羈絆，最原始的情感渴望，需要愛與被愛。

所以小說中的ABCDE，面容雖相異，或許也正是你我他的寫生。

Q：此前你寫了不少傳記故事，從宮崎駿到波特小姐，《看人臉色》中則以城市中有一定數量之「族」為出發，由「個人」到「族」，你始終對人有興趣。而《看人臉色》中總借主人翁一個人看見該族裔之種種，請問這樣的書寫該注意什麼？如何在群之共相與主角個人殊異面取得一個平衡？或者正要使他面目模糊才能涵括群體？要如何「定位他們」又同時「撕去標籤」？

A：十年沒有寫小說，沒有正職，重新回到學校唸書，一切都是為了不想被工作制約，想偷更多時間來寫作，但生活魔王始終不會讓人太過順遂吧。不寫小說的時候，什麼都寫，採訪人物、散文、童話、傳記……甚至做了幾年編輯，我稱為在小說的外圍迂迴前進，只為了和文字靠近便覺得安心。

但這兩年，恰好與前十年的作息相反，展開被小說包圍的生活。回到軌道的我，還發現，如果不寫小說，生活蕭索蒼白，寫小說的我，仍是蒼白蕭索的生活。計畫性書寫《看人臉色》幾則短篇，同時也進行畢業創作的長篇。密集創作小說這兩年，讓我認知人的極限，小說家也是，人生終究無法用小說解決任何事，首先，我要撕去的就是小說家的標籤吧。但還是得借用伊坂幸太郎說的話，「能使用想像力生存是非常幸福的事。」

你的提問很有趣，如果從人類學上生物性與文化性去解釋小說中的族群，的確是引發我想寫下這主題的原由。但我並未特別鎖定哪些族群非寫不可，而是取決於對這個族群的觀察有多少，是否足以驅策我架構成篇。

譬如，我寫臉書族，是我發現身邊的朋友都在玩臉書，大家聊天時，沒有臉書的人自然聽不懂他們的語言，變成被排除在外孤單的存在。沒有臉書好像沒有臉面對這世界，而我明明真實的在朋友面前，她卻堅持幫我申請臉書，好讓她在照片Tag我。Tag這個動作讓她安心，因為被她收進了朋友圈，她為我介紹更多朋友（拓荒）、揪團購（分享糧食）……彷彿史前人類初次看見火光，我望著白底藍字的「f」，覺得第一個將這個字畫在洞穴成為圖騰的Mark Zuckerberg，決不能想像facebook的興起，改變了人與人相處的行為模式。

從穩定交往到一言難盡，有人藉由透明公開的設定表明心意，亦有人信服臉書的隱私設定，精挑細選真實朋友，玩起教室小圈圈……有了臉書後，我很少接到朋友的電話，再加上Line的免費撥接，有時一個人在家可以整天不說一句話。若說十字軍東征如何影響文藝復興，臉書大概也影響了人類大腦中長期記憶區的板塊運動，只要有名有姓，抽過獎留過言發表過一些小言論（像我一樣出了幾本書的作家總是第一個收到mail通知要去同學會），搜索引擎不厭其煩將小學中學大學同學一個個揪出來，臉書承襲了網路時代的語言，從簡單的交友渠道逐步發展成制約了人的情感與作息。

當然，最終是因自己每天花在臉書時間實在太多，比起一般作家勤勉創作與閱讀，默默感到羞恥，但若為臉書族寫一篇小說，這種浪擲時間的罪惡感便可稍稍減輕。

Q：《看人臉色》中收錄多篇文章是文學獎獲獎之作，成果豐碩，請問文學獎之於你的意義是？

A：大概有十年沒有寫小說，我以為自己忘了怎麼寫，也以為少了我寫小說，這世界其實不會有任何變化。生活有時瑣碎無味到指尖說不出話，只好餵食眼睛營養過剩的文字，直到耳朵老是步行到雲端偷窺他人，才發現非寫不可的事情還有這麼多。又開始寫小說，才發現最虛假的人是我。

我的第一本文學性小說是在一九九九年出版，距離現在十七年，時間很可怕，會讓一個重新開始寫小說的人懷疑自己，也不是遺忘該怎麼寫，而是不知道自己寫的小說是否已經不合時宜。這本小說的得獎作品大多集中在這兩年，創作時間剛好是在碩士班二年級直至畢業，如果不是為了取得創作畢業的門檻，我想我沒有動力和勇氣再投文學獎。對我而言文學獎是結果論，通常大家只看見答案，而不清楚一篇作品如何構思成型，或這篇作品之於作者的意義是什麼。那些曖昧朦朧任人詮釋的空白，彷彿面紗一樣揭露的不是作品的質地，而是作者揮之不去被獎紋身的噩夢。至少，剛剛開始寫小說的我，實在嘗過這種苦頭啊。

現階段文學獎對我比較像是石蕊試紙吧，提供一個方便的檢測，讓我得到數據。譬如說，嗯，這個人已經百分之九十回到小說家的隊伍，可以繼續寫下去了。

Q：《看人臉色》中多篇小說不是依靠情節線性推進，而是諸多現象積累，彷彿亂針刺繡，似乎可以無限延長，但拿掉部分也不妨礙小說進行，可總能於尾聲時漂亮做出一個總覽——原來是這樣一個面貌，能量也在此時爆發。請問這樣的方式是你認為最適合描述城市生活或「族」的敘事方法嗎？這樣的書寫方式之下，小說看盡滄桑，點出現象，做出觀察，但經常是無解的，「小說」不帶來答案，之於你而言，「小說」是怎樣的存在呢？

A：日本小說家中村文則接受採訪時曾說：「社會上的弱勢、陰暗或是惡的行為，是我比較能夠切身體認的。我不認為那是別人的事情。」

我非常認同這幾句話。小說家除了揭露現實，同時也被賦予了不同一般人的眼睛，看見隱藏在日常平凡無奇事物的背面，躲在陰影裡的真相。是非黑白，不過就是一個人的選擇，我覺得在短篇的敘事架構中不是很重要，重要的是，這個人經歷了哪些事，為什麼會逐漸成為現在的樣子。

小眾人微言輕，仍然包含在群體中生活的他群，因為我群和他群的差異，我群和他群的存在即有了意義。我更想釐清為什麼有些淺顯易懂的惡行，會引發大眾撻伐，而遺棄子女這種惡行，可謂天下之大惡，大眾輿論卻全面倒向父母，一味要求子女要與父母和解，才是儒家孝道的根本。因為，所以，有了〈對窗〉和〈饑餓〉這兩篇小說。依憑家窗一直望著對窗的男孩，他的目光，都是無處投遞的愛，儘管他知道遠離家園的母親不可能再出現，他仍然沒有離開。〈饑餓〉中不斷減肥的女孩，真正匱乏的是成長過程被父母忽略的時間，時間讓她長成眾人希望的模樣，也長成她不想要的模樣。對我而言，小說的功能通常就在處理這些人生無解的時刻，聰明的讀者自然會在閱讀過程中拼湊屬於自己的答案。

那麼，之於你而言，「小說」又是怎樣的存在呢？

當代名家・凌明玉作品集1

看人臉色

2016年3月初版　　定價：新臺幣270元

著者	凌明玉
總編輯	胡金倫
總經理	羅國俊
發行人	林載爵

出版者	聯經出版事業股份有限公司	叢書編輯	陳逸華
地址	台北市基隆路一段180號4樓	校對	陳佩伶
編輯部地址	台北市基隆路一段180號4樓	封面設計	兒日
叢書主編電話	(02)87876242轉224	封面繪圖	葉懿瑩
台北聯經書房	台北市新生南路三段94號		
電話	(02)23620308		
台中分公司	台中市北區崇德路一段198號		
暨門市電話	(04)22312023		
台中電子信箱	e-mail：linking2@ms42.hinet.net		
郵政劃撥帳戶第	0100559-3號		
郵撥電話	(02)23620308		
印刷者	世和印製企業有限公司		
總經銷	聯合發行股份有限公司		
發行所	新北市新店區寶橋路235巷6弄6號2樓		
電話	(02)29178022		

行政院新聞局出版事業登記證局版臺業字第0130號

本書如有缺頁，破損，倒裝請寄回台北聯經書房更換。　ISBN 978-957-08-4713-0 (平裝)
聯經網址：www.linkingbooks.com.tw
電子信箱：linking@udngroup.com

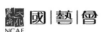

本書獲國家文化藝術基金會創作補助

國家圖書館出版品預行編目資料

看人臉色/凌明玉著．葉懿瑩插畫．初版．
臺北市．聯經．2016年3月（民105年）．240面．
14.8×21公分（當代名家・凌明玉作品集1）

ISBN 978-957-08-4713-0（平裝）

857.63　　105004176